CW01432684

Les insolents

DE LA MÊME AUTEURE

Asphyxie, roman, Éditions Florent-Massot, 1996 ; J'ai lu, 1998.

Superstars, roman, Flammarion, 2000 ; J'ai lu, 2005 ; 2021.

Poussières d'anges, récits, Librio, 2002.

Le Pire des mondes, roman, Flammarion, 2004 ; J'ai lu, 2005.

Héroïne, roman, Flammarion, 2005 ; J'ai lu, 2007.

Les Chewing-gums ne sont pas biodégradables,
roman graphique, Scali, 2008.

À la folle jeunesse, roman, Éditions Stock, 2010 ; J'ai lu, 2017.

Cortex, roman, Éditions Stock, 2017 ; J'ai lu, 2019.

La Grâce et les Ténèbres, roman, Éditions Calmann-Lévy,
2020 ; J'ai lu, 2022.

ANN SCOTT

Les insolents

ROMAN

NYC, hiver 92

La plupart des gens sont seuls, ou se sentent seuls, ou ont peur de l'être. Peut-être est-ce pour ça que certains se comportent de manière vraiment merdique. Mais je ne me demande plus jamais pourquoi les gens font ce qu'ils font. Quand on relie entre elles les choses qu'ils choisissent de nous montrer d'eux-mêmes, on trouve facilement l'origine du problème, mais l'impuissance face à ça est toujours un crève-cœur. Et puis il y a ceux qu'on ne fait que croiser, qu'on ne côtoie pas assez longuement pour les comprendre, comme cette fois-là, au début des années quatre-vingt-dix, alors que je venais d'avoir dix-huit ans et que je m'étais retrouvée dans la foule d'un trottoir bondé, à New York, avec pour tout bagage, avant que les choses tournent mal, un *flight case* de guitare qui pesait un âne mort et un petit sac en bandoulière. Ma mère m'avait offert ce voyage pour mon anniversaire et, pour me récompenser de ne pas avoir abandonné le piano malgré mon obsession pour la guitare, elle m'avait aussi donné de quoi m'offrir une Gibson vintage que je m'étais empressée d'aller acheter dès la descente de l'avion. Je devais avoir l'air un peu idiote, sur le trottoir, sans manteau en plein mois de janvier, avec des badges du Velvet sur le revers de ma veste en jean et ce *flight case* trop lourd que je n'en finissais pas de changer de main. J'étais frigorifiée, crevée par les huit heures de vol, sonnée par le flux incessant de passants autour de moi, la cacophonie des embouteillages, la multitude de pubs gigantesques placardées partout. J'étais sur le point de retourner dans le métro quand un type m'avait abordée pour me demander du feu. Si je m'étais contentée de l'ignorer, ce séjour aurait probablement été tout autre. Mais il était d'une beauté saisissante, un genre de tête d'oiseau à la Beckett, émacié avec des cheveux en brosse décolorés et un regard bleu pâle à la fois fiévreux et complètement absent. En remarquant le *flight case*, il avait dit qu'il était aussi guitariste, qu'il connaissait tout le monde, qu'il pouvait me présenter qui je voulais, et une demi-heure plus tard, j'étais attablée en face de lui dans un café de Chinatown à me brûler la langue avec du thé bouillant. Il s'appelait Ritchie et, tandis qu'il dévorait un beignet qu'il trempait dans sa tasse en léchant la graisse luisante sur ses doigts, j'avais bien vu que ses ongles étaient trop longs pour jouer de la guitare. J'avais aussi remarqué que le vieux Chinois, derrière le comptoir, me jetait des regards appuyés par-dessus son journal comme s'il essayait de me faire comprendre quelque chose. Mais quand on était ressortis de là, à la nuit tombée, je l'avais quand même suivi au lieu de chercher un hôtel. Chez lui, dans un appartement qui consistait en une seule pièce avec un matelas à même le sol et quelques affaires éparpillées, j'avais hésité en le regardant faire chauffer une cuiller et, quand il avait commencé à se déshabiller, j'avais aussi halluciné que ce soit finalement une fille. Mais ces deux choses que j'essayais pour la première fois étaient assez cool pour que je ne trouve rien à redire. Le lendemain, quand j'avais émergé, Ritchie avait disparu, ma guitare aussi, et mon sac avec mon argent, mon passeport et mes quelques vêtements aussi. Ma veste en jean était toujours là mais Ritchie en avait fait les poches et embarqué mes cigarettes et mes chewing-gums. Je n'avais plus que mon billet d'avion, resté plié dans la poche arrière de mon jean que j'avais remis dans la nuit quand j'avais eu froid, et j'avais alors compris que l'appart était un squat et que Ritchie avait dû partir dans un autre sans intention de revenir dans celui-ci. Si j'avais été plus courageuse, j'aurais peut-être erré comme Joe Buck dans *Macadam Cowboy* ou, qui sait, croisé d'autres junkies ici ou là, et le matelas entre ces quatre murs serait devenu mon point d'ancrage, pour un temps, jusqu'à ce qu'on me retrouve toute bleue avec pour seule identité mes badges du Velvet sur ma veste en jean. Au lieu de ça, j'avais bloqué le bas de la porte pour l'empêcher de se refermer et j'étais partie à la recherche d'un commissariat où faire une déclaration de perte de passeport. J'étais restée calme pendant que le flic m'avait aidée à changer mon vol de retour, puis qu'il m'avait apporté un sandwich et donné de quoi prendre le métro pour me rendre à l'aéroport le lendemain. Mais plus tard, cette nuit-là, recroquevillée sur le matelas dans la pénombre, avec pour seule lumière le reflet orangé d'un lampadaire de la rue qui faisait ressortir les auréoles de la moquette crasseuse, transie de froid sous la couette que Ritchie avait dû laisser sur moi au lieu de l'embarquer aussi pour éviter que je me réveille, j'avais fini par fondre en larmes. Pas seulement parce que je n'avais plus la guitare et que je n'avais même pas eu le temps d'en jouer à part en l'essayant dans le magasin. Pas non plus parce que je ne verrais pas les endroits sur lesquels je fantasmais, sans savoir qu'ils n'existaient plus depuis longtemps, qu'ils avaient été rasés et remplacés par des parkings ou des chaînes de fast-food. Je pleurais parce que j'avais espéré qu'en une semaine, j'aurais le temps de rencontrer d'autres musiciens. Des gens dans le même trip que moi, qui me donneraient envie de revenir souvent ou même de déménager. Tout plutôt que de rester coincée à Paris où je ne croisais jamais personne qui me transporte, qui ait la même énergie, le même enthousiasme, la même incandescence. Personne avec qui monter un groupe ou ne serait-ce que partager ce qui était vital pour moi – la musique, les films, les

livres dont je me nourrissais. Paris où ce décalage entre ce que j'étais et ce qui m'entourait
me donnait le sentiment de ne pas avoir ma
place dans le même monde que les autres sur
les trottoirs.

PREMIÈRE PARTIE

L'extérieur

Trois décennies plus tard, c'est d'un train qu'elle vient de descendre, et Paris et tout ce qui allait avec est enfin terminé.

Elle est assise sur la terrasse de la maison, sur la marche d'une des portes-fenêtres, adossée à un volet fermé du salon, du moins de ce qu'elle suppose être le salon si elle a bien compris le plan qu'on lui a envoyé. Elle n'est même pas encore entrée dans cette maison qu'elle vient de louer sans la visiter. En arrivant, elle a seulement fait le tour du jardin qui continue derrière avant de revenir s'asseoir de ce côté et, depuis deux heures, elle contemple ce qu'elle a sous les yeux. L'herbe de la pelouse un peu haute remplie de pâquerettes. Le magnolia à une extrémité de la terrasse avec quelques fleurs blanches qui tiennent encore, tandis que la plupart qui ont déjà fané jonchent l'herbe en dessous. L'érable couleur prune qui se dresse dans le fond avant la haie qui sépare du voisin. Les autres arbres au-delà de la haie, dans les jardins plus loin, certains immenses, encore verts, d'autres déjà flamboyants des couleurs de l'automne. Et les quelques nuages d'un blanc immaculé qui dérivent dans le ciel bleu de cette matinée radieuse de septembre.

À Paris, il faisait encore nuit et il pleuvait quand elle est montée dans le taxi à six heures du matin. À un moment, sur l'île de la Cité, ils se sont fait doubler par quelqu'un à vélo qui fonçait sous la pluie battante avec un poncho noir. Gonflés par le vent, les pans du poncho flottaient sur les côtés et s'étalaient presque à l'horizontale, on aurait dit Batman surgi de nulle part, et elle s'était demandé si les apparitions incongrues de la vie urbaine allaient lui manquer. À l'arrivée aussi il pleuvait, mais pas de la même façon. Quand elle est descendue sur le quai en plein air, hagarde d'avoir dormi pendant tout le trajet, les gouttes qui tombaient étaient éparses, grosses, tièdes, et en même temps le soleil brillait entre les nuages. À la sortie de la petite gare, en sentant la moiteur dans l'air et en voyant les palmiers sur le terre-plein du parking, elle a eu l'impression de débarquer dans un autre coin que le Finistère, différent de ce qu'elle avait imaginé, pas tropical mais presque avec cette averse malgré le soleil, quelque chose d'étrangement chaud, humide, enveloppant, et elle a su qu'elle allait être bien ici.

La clé que le propriétaire lui a laissée dans la boîte aux lettres est posée à côté d'elle sur la marche mais, pour l'instant, elle n'a toujours pas besoin d'entrer. Elle a un abri de jardin sur le côté de la maison, deux poubelles dont une jaune pour elle seule et, derrière, une cuve de fioul qu'elle a fait remplir en appelant de Paris, et un branchement pour le gaz dont elle a fait livrer deux bouteilles. Derrière se trouvent aussi un autre portail – la maison fait l'angle avec deux rues – et un garage qui abrite l'escalier qui mène à l'étage qu'elle ne loue pas. Le propriétaire y entrepose des meubles que ses deux fils ou lui viennent prendre ou déposer de temps en temps. Apparemment ils entrent par le portail à l'arrière sans venir dire bonjour pour ne pas déranger, et ça lui va, elle n'aurait pas su quoi faire de l'étage. Elle n'a pas eu de mal à les convaincre de lui louer la maison sans qu'elle fasse l'aller-retour pour la visiter. Le fils qui a mis l'annonce a compris qu'elle cherchait depuis longtemps et il a simplement demandé qu'elle appelle sur Skype pour voir à qui il avait affaire. Le lendemain, elle a reçu un mail avec des photos et un plan de l'intérieur de la maison, le surlendemain le bail est arrivé par courrier ; un an qu'elle cherchait, et en quarante-huit heures c'était réglé.

Elle ne s'attendait juste pas à ce que ça ressemble à ce point à la campagne, en plus du bord de la mer. En se mettant en Street View sur Google Maps, elle avait surtout regardé l'emplacement de la maison, pas vraiment ce qu'il y avait autour. En dehors des deux rues sur lesquelles elle donne, ou plutôt des deux chemins de terre avec des bas-côtés remplis de touffes d'herbe, il n'y a rien d'autre que des petites départementales bordées de champs, de prés ou de sous-bois. Quant au nombre de maisons le long de ces deux chemins, il ne dépasse pas la dizaine, et elles ont l'air d'être des résidences secondaires, la plupart des volets étaient fermés quand elle est passée devant avec le taxi.

La sienne est une construction banale des années soixante-dix, blanche avec des volets en bois marron et des vasistas dans le toit d'ardoise. Pas une vieille bâtisse en pierre, pas de véranda sous laquelle regarder la pluie tomber, pas non plus de charme dans le jardin, pas de recoins, pas de massifs, rien de plus qu'un grand rectangle de pelouse précédé de dalles en guise de terrasse. Mais elle a enfin sa maison. Un an à regarder tous les jours, à ne voir que des horreurs dans des lotissements, à élargir à toutes les communes voisines, même loin de la côte, et ça y est. Finie la cage à lapins de l'hôtel particulier du Marais qui n'avait d'enviable que l'adresse et la façade. Finies les fêtes constantes des bureaux de presse et des showrooms du rez-de-chaussée qui débordaient dans la cour. Fini le voisin du dessus qui refusait de mettre des tapis pour atténuer les bruits sur son parquet ; celui du dessous qui claquait sa porte chaque fois qu'il rentrait ou sortait ; celui de gauche chez qui des coursiers défilaient en sonnant chez elle ; et finie la connasse à droite qui vivait la nuit avec un caisson de basses. Ne jamais emménager dans un immeuble réputé pour son nombre de créatifs au mètre carré. On se dit qu'on ne risque pas de s'emmerder avec autant de passage ni de rester célibataire long-temps et, trois ans plus tard, au lieu d'être gal-vanisée d'habiter au cœur de la foutue culture, on se retrouve à fuir vers la campagne pour ne plus jamais avoir de voisins.

Cent mètres carrés. Trois fois plus grand qu'à Paris pour moitié moins cher. Un jardin plein sud, la mer à un kilomètre et quelques avec trois plages dans trois directions, et le silence. Ce silence dont elle se moquait toujours chaque fois qu'elle entendait quelqu'un parler de quitter la ville. Une pièce pour travailler, une autre pour traîner, une autre pour dormir, une autre encore pour recevoir qui voudra. Et ce n'est ni Margot ni Jacques qui ont essayé de la dissuader alors que c'est à eux qu'elle va le plus manquer, mais Anne-Marie, leur vieille copine partie vivre dans le Morbihan il y a des années, qui l'a soutenue mois après mois quand elle se décourageait de ne rien trouver, et qui brusquement s'est mise à essayer de l'accabler à la seconde où elle a enfin signé. Irresponsable de choisir une maison sans l'avoir visitée. Insensé de s'installer dans une région qu'on ne connaît pas sans savoir si on va aimer le climat ou la mentalité. Eau trop froide toute l'année pour se baigner sans combi-naison, même l'été. Parcours du combattant, en province, pour trouver un généraliste qui prend encore des nouveaux patients. Et complètement inconscient d'aller vivre dans ce genre de coin sans voiture. Distances trop grandes pour être faisables à pied, et les supermarchés ne livrent pas. Mais Alex s'en fout de tout ça. Il y a une épicerie à un kilomètre, un village un peu plus loin et une ville à trois kilomètres. En voyant les photos du jardin, Anne-Marie a aussi bloqué sur le peu d'ombre qu'apportera l'érable. Ingérable en été tant le soleil tape, pas viable sans parasol, mais trop dangereux d'en avoir un à cause du vent qui peut se lever n'importe quand, à moins de lester le pied avec du sable, mais impossible d'aller prendre du sable sur la plage si pas de voiture, et de toute façon c'est interdit, et quand bien même, vraiment trop dangereux avec le vent qui pourrait s'engouffrer dedans et – et quoi, Anne-Marie, le faire voler au-dessus des jardins voisins jusqu'à la route où l'encastrer dans un pare-brise ? Anne-Marie est juste dégoûtée parce qu'elle est passée d'attachée de presse de Balenciaga à prof de yoga qui vit en jogging et qui crève de solitude, alors qu'Alex va continuer à s'habiller normalement et ne se sentira pas seule. Quant aux gens qui viennent bien moins souvent qu'ils l'ont promis, voire jamais, de ça aussi elle s'en fout. Il n'y aura que Margot et Jacques qu'elle aura envie de voir et ils viendront. Margot qui n'en finit pas d'envoyer des textos depuis ce matin, qui vient encore de faire vibrer le téléphone dans sa poche pour dire *Alors ???* Il y en a aussi un de Jacques qui demande qu'elle appelle pour raconter une fois qu'elle se sera posée, un de sa mère qui demande si la maison est aussi bien en vrai qu'en photo, un de son père qui demande si elle ne manque de rien, et aux quatre elle répond enfin : *Paradis*.

L'intérieur

Pourquoi, pour changer, il faut toujours mourir un peu en dedans. Pourquoi une nouvelle chose demande toujours d'en laisser une autre. Cette fois c'est Jean qu'elle laisse derrière, ou plutôt c'est lui qui la laisse. En introduisant la clé dans la serrure, c'est à lui qu'elle pense, à la dernière fois qu'elle a sonné chez lui, il y a deux semaines, ce qui n'arrivera pas dans l'autre sens, il ne va pas apparaître un matin sur ce perron et elle ne sait même pas s'il lui reparlera un jour.

La maison est plongée dans la pénombre des volets fermés. Elle pose ses sacs dans le couloir et laisse la porte d'entrée ouverte pour mieux y voir. Si elle a bien compris le dessin du fils du propriétaire, ce couloir dessert à droite le double salon puis deux chambres, avec chaque fois une porte-fenêtre qui donne sur le jardin, et à gauche se succèdent la cuisine, les toilettes, la salle de bains et une troisième chambre. Elle pénètre dans le salon et va ouvrir les portes-fenêtres pour pousser les volets. La marche sur laquelle elle vient de rester assise longuement est là, à ses pieds. La pièce vide est encore plus vaste que ce qu'elle croyait, elle pourrait carrément y mettre un piano à queue. Le sol est carrelé de tomettes rouille comme dans le couloir, les murs blancs un peu défraîchis avec quelques traces de clous. Ses yeux se posent sur la large cheminée en granit, et elle pense à Jean que ça aurait fait marrer de reprendre des vieux trucs de country devant un feu qui crépite. Mais qu'est-ce qu'on peut dire à quelqu'un qui est amoureux et convaincu de le rester jusqu'à la fin de ses jours. Que c'est n'importe quoi parce que ça passera ? Évidemment que ça passera. Elle lève les yeux vers l'ampoule qui pend du plafond, essaye l'interrupteur, l'électricité fonctionne.

Elle entre dans la cuisine qu'elle traverse aussi pour ouvrir les volets. Ici le carrelage est crème et les murs blancs repeints à neuf. Elle remarque des clés posées sur le plan de travail mais aucune n'a d'étiquette. Elle jette un œil dans la petite pièce adjacente qui contient la chaudière, il y aura la place d'y faire un garde-manger. Rien n'est une surprise, elle a déjà tout vu en photo, mais maintenant elle découvre les volumes. Elle passe devant les toilettes, s'arrête sur le pas de la porte de la salle de bains. La douche est bien plus grande que ce qu'elle avait évalué, presque deux mètres sur un mètre derrière une paroi vitrée, et les tiroirs sous le lavabo vont être assez profonds pour les réserves qu'elle a achetées d'avance pour ne manquer de rien, pendant un temps, sans voiture. Elle entre dans la première chambre dont elle va aussi pousser les volets. Le carrelage est crème comme dans la cuisine, les murs un peu sales comme dans le salon. Même chose dans la deuxième, de l'autre côté du couloir, qui est la plus petite. Pareil dans la dernière, au fond, qui est la plus grande, avec un placard, et où le propriétaire lui a laissé un lit en attendant que ses affaires arrivent. Elle n'y fera pas sa chambre, elle est trop éloignée du reste de la maison, mais ceux qui viendront la voir pourront s'y isoler sans être dérangés. En ressortant de la pièce, elle ignore la porte qui fait face avec une clé dessus. Ça doit être celle du garage où se trouve l'escalier qui monte à l'étage, le propriétaire qui vient après-demain lui fera visiter.

Elle retourne dans l'entrée chercher ses sacs qu'elle emporte dans le salon et s'accroupit pour les ouvrir. Les déménageurs n'arriveront que dans cinq jours mais ce qu'elle a apporté suffira d'ici là. Du plus gros sac elle extirpe la couette, qu'elle est parvenue à compresser, en prenant soin de ne pas faire tomber l'ordinateur glissé dedans. Du deuxième elle sort l'oreiller avec la taie, le drap, la serviette, le rouleau de PQ, la cartouche de cigarettes, la trousse de toilette, les quelques tee-shirts, culottes et chaussettes de rechange. Pour le reste, elle fera avec le jean, le pull et les baskets qu'elle a sur elle. Elle emporte le dernier sac dans la cuisine pour étaler son contenu sur le plan de travail. L'assiette, la casserole, la passoire, la fourchette, le couteau, le mug, la boule à thé, le paquet de thé, les pâtes, l'huile d'olive, et le morceau de parmesan qu'elle a failli oublier ce matin dans le réfrigérateur de Margot. Elle va ensuite mettre le rouleau de papier dans les toilettes, la serviette et la trousse dans la salle de bains, puis elle revient chercher ce qui est pour le lit et emporte le tout dans la chambre du fond. Elle a beau avoir dormi tout du long dans le train, elle a besoin d'une sieste.

Allongée là, elle se revoit sur le canapé de Margot, hier soir, dans son salon, après s'être levée aux aurores pour scotcher les derniers cartons avant d'accueillir les déménageurs, de passer la fin de la journée à nettoyer l'appart et de terminer par l'état des lieux. Margot sortie de son lit à six heures ce matin, en tee-shirt et en culotte dans l'escalier pour l'aider à descendre les cinq étages avec les trois gros sacs. Margot qui lui a juste fait un rapide signe de la main depuis la porte cochère tandis qu'Alex montait dans le taxi dans le silence de la rue déserte. Margot qui toute la soirée l'a fait parler de la maison sans jamais laisser de silences s'installer, comme si elle voulait à tout prix éviter de penser que le moment était arrivé, qu'à partir de là elles n'allaient plus se voir tous les jours ou presque comme depuis des années qu'elles étaient à quelques pâtés de maisons l'une de l'autre. Alex n'est pas inquiète, quand elles se manqueront, l'une ou l'autre prendra le train, mais comment ça va être sans Jean. Même s'ils se voyaient moins maintenant qu'il habite

Berlin, ils s'appelaient ou s'écrivaient tous les jours, et depuis qu'il a rompu le contact, elle était trop prise par le déménagement pour sentir son absence, mais comment ça va se passer à partir de maintenant.

Elle sait que ce qu'elle a fait est impardonnable. Ça n'existe pas de passer de meilleure amie à petite amie au bout de quinze ans. Quand quelqu'un confesse brusquement qu'il est amoureux depuis le début et qu'il a besoin de couper les ponts parce qu'il n'arrive plus à gérer, il faut le laisser partir, pas envisager la chose pour le retenir. Même si le mail qu'on reçoit est sublime. Même si personne ne nous avait encore jamais rien dit d'aussi beau, d'aussi habité, d'aussi définitif. Même si on est fatigué d'alterner passions ineptes et périodes de célibat. Même si la complicité donne le sentiment que jamais on ne s'ennuierait ensemble. Même si on pense que l'affection qu'on a pour la personne est telle que ça compenserait le fait de ne pas être amoureux. S'il n'y a pas de désir, c'est même pas la peine.

*
* *

Quand elle rouvre les yeux, la chambre est dans le noir. La nuit est tombée. Par la porte-fenêtre qui donne sur le jardin, elle peut voir la lune dans le ciel, presque pleine. Elle se redresse pour remettre ses baskets et allume le couloir en sortant. Elle a froid. Dans le salon elle cherche son téléphone, il est neuf heures du soir. Elle n'aurait pas dû dormir autant, elle ne va pas avoir sommeil avant des heures et n'aura rien à faire. Elle ramasse son briquet pour aller mettre de l'eau à bouillir dans la cuisine, puis sort sur la terrasse et s'assied sur la marche pour fumer une cigarette. Il fait plus doux dehors que dans la maison. Elle essaye de compter les étoiles qu'elle distingue dans le ciel bleu marine. Elle n'avait pas imaginé qu'ici on en verrait autant et que le ciel serait si spectaculaire, si dégagé, si vaste. Le jardin est entièrement plongé dans l'obscurité, on ne devine plus rien au-delà d'un mètre. Il semble y avoir un éclairage de rue à proximité, une lueur orangée qu'elle distingue entre des branches d'arbre, mais trop loin pour éclairer un peu ici.

Jean n'avait rien demandé. Le mail qui a tout changé n'était même pas un espoir de transformer leur lien. Il voulait simplement qu'ils arrêtent de se parler pour ne plus baigner dans la frustration en permanence. À la seconde où elle avait commencé à cogiter là-dessus, il avait tout fait pour l'en dissuader. Quand elle avait fini par dire OK, pourquoi pas devenir un couple, il avait continué de freiner. Elle l'a laissé déverrouiller la case pour rien. Elle l'a poussé à s'autoriser à penser à une chose qu'il s'était toujours interdite et à commencer à la vivre, tout ça pour la lui retirer trois mois plus tard... Elle retourne dans la cuisine mettre les pâtes dans l'eau, puis revient s'asseoir. Elle ne connaît rien aux déménagements groupés, elle ne sait pas si les affaires restent dans le camion venu les chercher ou si elles sont ensuite vidées puis chargées de nouveau dans un autre. Si une partie de son matériel disparaît ou est cassé, le montant qu'elle a mis pour l'assurance ne lui servira à rien, elle a perdu la plupart des factures. Elle revoit ces quinze derniers jours à faire les cartons, à les commander sur le Net avec du Scotch et du papier à bulles, à en recommander encore faute d'en avoir pris assez, et puis encore. À se réveiller chaque jour entre les piles qui augmentaient, tellement excitée, pendant que dans l'autre pièce, toutes ses copines, sauf Margot qui trouvait ça sinistre, défilaient pour piocher dans ce qu'elle ne voulait pas garder. Tout ce qu'elle a toujours acheté, comme tout le monde, pour s'entourer des plus belles choses et avoir l'illusion d'être... quoi, plus privilégiée ?

Elle finit par avoir froid ici aussi et va chercher la couette dans la chambre du fond pour la mettre sur ses épaules. Comment fait-on pour avoir envie de quelqu'un qu'on a toujours considéré comme un frère. Et une fois qu'il vit enfin le truc dont il rêvait, comment annoncer qu'on s'est trompé. Comment dire que ce n'est pas viable, même pour une histoire épisodique à distance, et que ça semble logique d'arrêter au moment où on déménage encore plus loin. Comment avouer qu'à chaque fois qu'on débarque chez lui ou qu'il vient quelques jours, la première chose qu'on a envie de faire, c'est de brancher sa guitare pour lui montrer le dernier solo qu'on a trouvé, pas de défaire la ceinture de son pantalon. Comment expliquer que ce n'est pas désagréable de coucher avec lui mais qu'on n'en a pas envie, pas besoin parce que la relation d'avant nous suffisait, on le fait seulement pour faire plaisir. Et comment confesser qu'on le savait avant même que ça commence, et qu'on a merdé. Que oui, bien sûr, il y a eu un moment où on a pensé que ce serait une bonne idée, mais malheureusement ce moment n'a pas duré et on n'a pas osé le dire, on a pensé qu'on en avait trop parlé pour pouvoir faire machine arrière. Comment confier tout ça sans faire mal, quand on estime tellement l'autre qu'on veut absolument éviter de se conduire de manière inconséquente ou désinvolte. Qu'on trouve plus respectueux de lui dire la vérité que d'inventer un prétexte bidon. Et quoi répondre, quand il nous balance que non, on ne vient pas de lui dire tout ça pour lui mais pour soi, pour se donner bonne conscience d'avoir été honnête, sans se demander s'il avait besoin d'entendre la vérité à ce point, ce qui n'est pas seulement inconséquent et désinvolte mais aussi salement égoïste.

Elle retourne dans la cuisine égoutter les pâtes, effile un peu de parmesan avec le couteau, puis revient s'asseoir sur la marche et s'enroule à nouveau dans la couette. Maintenant, avec le recul, elle sait bien pourquoi elle s'est retrouvée à lui dire oui. Tout bêtement parce qu'elle n'est proche d'aucun autre musicien avec qui discuter autant de musique et de création. Elle y est allée parce que si elle l'avait laissé ressortir de sa vie, elle se serait retrouvée au même point qu'à dix-huit ans, comme cette nuit-là, à New York, dans ce squat, à la veille de rentrer à Paris où il n'y avait personne avec qui partager ce dont elle avait besoin. Et maintenant, évidemment, Jean la méprise, a complètement changé de regard sur elle, la voit comme une allumeuse ou une manipulatrice. Une petite conne habituée à être courtisée et à qui tout est dû. Une égoïste qui s'est servie de lui à un moment où elle se sentait trop seule. Une instable qui a sa propre logique pour justifier ses comportements du moment qu'ils correspondent à ce qui l'arrange. Et une mytho qui ne serait pas bisexuelle, comme elle le dit, mais entièrement lesbienne, qui aurait peur des hommes, qui ne se sentirait pas à la hauteur de leur désir et qui les ferait courir pour donner le change. Il est même allé jusqu'à l'accuser d'être venue le quitter face à face à Berlin pour lui faire encore plus de mal au lieu de se contenter d'un mail. Et tout ça est tellement absurde, et triste, et indigne de Jean qui a toujours été le type le plus clairvoyant, objectif et nuancé qu'elle connaisse, et elle ne s'attendait tellement pas à ce qu'il se transforme en banal amoureux blessé qui cède à la facilité de se mettre à penser n'importe comment, qu'elle n'a même plus su quoi répondre.

Elle a froid malgré la couette, mais pas envie de passer le reste de la soirée dans la chambre du fond. Tout à l'heure elle ira chercher le matelas pour le mettre dans le salon. Le dernier mail de Jean, il y a une semaine, était le moins agressif de la dizaine qu'il lui a balancée après qu'elle est allée le voir, mais le plus pernicieux :

Ouais, je vois ça d'ici, ta Bretagne. Ça va te faire marrer un mois de te prendre le vent dans la gueule sur la plage et puis ça va être l'hiver et tu vas te cailler. Tu vas devenir folle de connaître personne et de même plus entendre le son de ta propre voix. Y aura plus de serveurs de café pour te faire te sentir la plus belle du quartier, plus de potes qui ont toujours un plan pour la soirée, plus de bobos qui t'arrêtent sur les trottoirs pour te dire qu'ils ont adoré ta BO du dernier Machin. Tu vas regretter à mort ton chinois, tes pizzas et tes coups d'un soir. À force de te faire chier tu vas avoir envie de te défoncer mais y aura rien et tu vas te mettre à picoler alors que c'est pas ton truc et tu vas prendre vingt kilos. Tu vas plus ressembler à rien sans bagnole pour aller chez le coiffeur. Tu te diras que finalement, des orgasmes avec quelqu'un dont t'étais pas raide dingue c'était toujours mieux qu'un truc à piles. T'auras des insomnies à penser à tout le monde qui vit très bien sans toi. T'auras des attaques de panique de ne plus pouvoir composer sans rien là-bas pour t'inspirer. Tu vas te bourrer de Xanax pour calmer la terreur en attendant que le jour se lève, et tu finiras dans un club de poterie pour connaître au moins une personne avec qui bouffer de la brioche sous vide le jour de ton anniversaire. Ouais, je vois ça d'ici, m'envoie pas de carte postale.

Bah non, Jean, elle dit à haute voix en rapportant l'assiette à la cuisine, merci mais il ne va rien se passer de tout ça. Je vais être foutrement bien ici. Je vais enfin m'entendre penser, je vais faire du bon boulot, et là je vais commencer une bio de Coltrane, et demain j'irai voir la mer.

La plage

À son réveil, dans le salon, la pièce était inondée de soleil et, en rabattant la couette pour se lever et renfiler son jean, la vue de la verdure par les portes-fenêtres l'a transportée de joie. Pareil en sortant sur la terrasse et en entendant les oiseaux piailler. Ils ont l'air d'être partout, même si elle ne les voit pas. Elle n'en revient toujours pas d'être là, assise sur la marche de la porte-fenêtre à boire son premier thé ici. Elle devrait ajouter des plantes sur cette terrasse pour voir quelque chose d'un peu plus luxuriant, quand elle est assise là, que cette pelouse plate qui s'étend jusqu'à la haie. Le propriétaire a demandé qu'elle ne plante rien mais ça ne l'empêche pas de mettre des pots.

Pendant que l'eau chauffait pour le thé, elle a revisité la maison pièce par pièce, cette fois avec un carnet et un mètre pour prendre des mesures et voir comment meubler tout ça. Elle n'a pas trouvé comment allumer la chaudière pour prendre une douche. Il va falloir que le propriétaire lui explique son fonctionnement et aussi celui des radiateurs pour le soir. Et elle se demande si elle ne devrait pas changer de numéro. Son portable sonne sans arrêt, logique puisqu'elle n'a dit à quasiment personne qu'elle partait. Il faut aussi qu'elle fasse un peu attention, hier elle s'est couchée en oubliant de fermer à clé les portes-fenêtres du salon et des deux chambres. Le fils du propriétaire a dit que le coin est paisible mais, quand même, au rez-de-chaussée et à vingt kilomètres du premier commissariat, peut-être pas une bonne idée de tout laisser ouvert la nuit. Elle regarde une fourmi qui se faufile entre ses orteils sur le granit chauffé par le soleil, puis ses yeux glissent sur les petites touffes d'herbe qui ont poussé un peu partout entre les dalles. Elle suit du regard un bourdon et se demande s'il y a beaucoup d'araignées ici. Anne-Marie disait qu'elle en verrait sûrement souvent et qu'elle devrait arrêter de dormir sur un sommier sans pieds à cause des rampants qui entrent dans les maisons. Alex ne voulait pas savoir donc elle n'a pas demandé, mais qu'est-ce qu'elle voulait dire par *rampants*.

D'après Google Maps, pour gagner la plage n° 1 qui est la plus proche, à un kilomètre et demi, elle doit simplement suivre la route qui commence au bout de son chemin, traverser une départementale qui la coupe, continuer tout droit et elle débouchera sur la mer. Sur cette portion de route qu'elle longe, les quelques maisons qu'elle croise sont trop reculées derrière les haies pour qu'on puisse voir à quoi elles ressemblent. Et personne sur les trottoirs. Pas même de voitures qui passent. Son téléphone vibre dans sa poche, elle le sort pour regarder qui envoie le texto. Lizzie avec qui elle a recouché il y a quelques jours, elle ne sait même pas pourquoi, peut-être simplement pour saisir l'occasion de s'envoyer en l'air une dernière fois avant le départ. Lizzie à qui elle n'a pas dit qu'elle partait et qui demande ce qu'elle fait ce soir, et Alex a envie de répondre que remettre ça était ridicule, qu'elle avait oublié que Lizzie ne va avec des filles que pour se donner un genre, que sa façon de se comporter comme dans un porno à prendre des poses grotesques et remettre sans arrêt ses cheveux derrière ses oreilles pour qu'on voie bien ce qu'elle fait avec sa bouche est antisexe au dernier degré – mais évidemment elle se retient et se contente de rempocher le téléphone. On est vendredi, elle était où la semaine dernière à la même heure ? Elle ne se rappelle déjà plus. Il y a eu un soir où elle a dîné chez Jacques, pas à son appart du Marais mais dans le patio de son bureau au Palais Royal où il était pour quelques jours en attendant qu'une canalisation soit réparée chez lui. Il y avait trois autres galeristes qu'elle ne connaissait pas, dont un septuagénaire qui avait l'air tout aussi gay que les autres et qui pourtant a essayé de lui fourrer sa langue dans la bouche quand ils sont sortis dans la rue pour prendre leurs Uber respectifs, et tandis qu'elle regardait les rues défiler avec l'air tiède qui entrait par la vitre baissée en cette soirée tranquille de fin d'été, elle essayait de reconstituer le monologue que Jacques venait de lui faire en la prenant à part dans son bureau. À cinquante-huit ans, il veut fermer sa galerie, mettre fin à son histoire avec Mathieu, quitter Paris et aller s'installer dans sa maison de la Drôme ou ailleurs, seul, longtemps, pour écrire l'histoire de sa mère que son père a tuée quand Jacques avait quatorze ans en lui fracassant le crâne avec un cendrier. Un livre sur la vie, les gens, leurs blessures, leur rage, leurs secrets, leurs espoirs, leur façon de mater quelqu'un ouvertement dans un restau en attendant une table, tout ça pour quoi, baiser un énième corps interchangeable ou rentrer se branler sur le canapé et se sentir encore plus vide en se penchant pour attraper un Kleenex sur la table basse. Il disait qu'il pourrait venir l'écrire chez elle, et elle n'avait pas su quoi répondre à part on verra, Jacques, on verra. Pas pressée d'être envahie dans son nouveau paradis, même par lui, et quelque chose de triste était passé dans ses yeux, un peu comme dans ceux de Margot avant-hier. Comme si tous les deux se disaient qu'ils étaient en train de la perdre, que c'était la fin de leur trio qui les a aidés à tout traverser depuis des années. Sauf qu'elle n'a pas l'intention de s'éloigner d'eux. Ou alors ils savent que c'est elle qui va les perdre, que le rythme de la ville fait trop vivre dans l'instant pour mesurer le temps qui passe sans appeler ou grimper dans un train ?

Elle arrive à la départementale sur laquelle ne se profile aucune voiture d'un côté comme de l'autre, et elle traverse pour continuer en face. À partir de là, il n'y a plus que des champs avec des granges de chaque côté de la route qui rétrécit. Et toujours personne nulle part. Une autre phrase du dernier mail de Jean lui revient… *Plus personne ne touchera ta peau, ou peut-être un post-ado qui fait pétarader sa mob sur le parking d'un Leclerc, et encore, faudrait que t'aies des gros seins et un gros cul, les Kardashian ont enterré les corps à la Birkin.* À côté de ça, dès qu'il y a une plage quelque part, pas impossible d'y croiser quelqu'un de chouette venu voir des parents qui habitent là. Mais bon, il va se passer du temps avant qu'elle ait besoin d'avoir quelqu'un dans son lit ou dans la tête. Pour l'instant, elle attend avec impatience que les déménageurs arrivent pour déballer son matériel et tester l'acoustique de la chambre 2 dans laquelle elle pense faire le studio. Son téléphone vibre de nouveau. Un Tonio qui demande si elle a envie de faire quelque chose ce week-end, et il lui faut quelques secondes avant de se souvenir que c'est un copain de Mathieu, le petit ami de Jacques. Un jeune peintre espagnol, sorte de clone de Matt Dillon période *Drugstore Cowboy* tout ce qu'il y a de sexy mais qui n'a que trente ans, comme Mathieu, et si Mathieu lui a donné son numéro, c'est qu'il n'a toujours pas compris que pour trouver bouleversant de regarder un millénial se déshabiller, il faut avoir l'âge de Jacques.

Y a quoi, elle a envie de répondre, un concert de Prince ? Un *showcase* du dernier Lou Reed ? Bowie expose ses tableaux ? Ah non c'est vrai ils sont tous morts, laisse tomber je vais me faire une soupe devant *La Soif du mal*. Mais le môme n'y est pour rien et elle se contente d'éteindre le téléphone, surprise par le rejet qu'elle fait déjà de Paris.

Et brusquement elle le voit. L'océan est là, au bout de la petite route à une centaine de mètres. Elle voit le blanc du sable, et la ligne qui sépare le bleu du ciel de l'eau. Elle commence à sentir l'air marin à mesure qu'elle se rapproche. La dernière fois qu'elle a senti cette odeur, entendu le bruit des vagues et nagé dedans remonte à ses dix-sept ans. Elle s'arrête le temps de retirer ses baskets, fourre ses chaussettes dedans et roule le bas de son jean. Le sable fin et chaud sous ses pieds nus, puis humide et plus dur, et enfin la fraîcheur de l'eau. Trente ans qu'elle n'avait pas fait ça. Quelle folie d'avoir laissé passer tout ce temps. Maintenant elle se rend compte qu'être fauchée empêche peut-être de prendre un hôtel, mais pas de faire un aller-retour en train dans la journée. Pourquoi elle n'a jamais pensé à aller en Bretagne ou en Normandie faute d'avoir de quoi aller plus loin ?

C'est plus une crique qu'une plage. Pas une de celles qu'elle a vues sur Google Images et qui ont l'air sublimes – celles-là se trouvent apparemment entre ici et une grande plage plus loin qu'on peut rejoindre en suivant le chemin côtier qu'elle distingue en hauteur derrière elle –, mais une crique quand même, en arrondi, entourée de rochers. Bien plus intime que les kilomètres de sable qu'elle parcourait enfant. Et il n'y a personne d'autre, elle est seule. Ses baskets à la main, elle longe le bord de l'eau, les pieds dans l'écume qui vient chaque fois les recouvrir avant de se retirer. Jusqu'à dix-sept ans, elle allait près de Bayonne avec Vincent, son copain d'enfance, leurs mères prenaient une maison ensemble chaque été. Et puis après ça a été terminé. De dix-huit à vingt-cinq ans, à part courir les festivals, elle n'a pas fait grand-chose de plus que rester enfermée dans sa chambre chez sa mère à jouer de la guitare et se défoncer – pas merci, Ritchie. Puis de vingt-cinq à trente-cinq, pas les moyens de participer quand ses potes louaient des maisons à plusieurs, mais au moins elle s'était ressaisie, cumulait les sessions de piano ou de guitare pour payer un loyer, enchaînait un paquet de BO de courts métrages en attendant d'en décrocher un long, et elle a sorti trois albums. Et ces dernières années, quand elle a enfin eu les moyens de partir, elle avait tellement perdu l'habitude de bouger qu'elle ne savait pas où aller ni avec qui et elle est restée à Paris à travailler. À part Jacques, dont la maison dans la Drôme est à trois heures et demie de train puis une heure et demie de taxi et où il n'invite que des vieux intellos qui la saoulent, elle ne connaît plus que des célibataires qui vont chez leurs parents. Les autres, les mondains habituels qu'elle croise ici ou là, elle ne tiendrait pas deux secondes en vacances avec eux. Toujours les mêmes qui font des sauts de puce à Saint-Rémy ou à Ramatuelle, qui débarquent avec des piles de livres qu'ils n'ouvrent pas, qui traînent au bord de piscines dans lesquelles ils ne se baignent pas, qui se changent pour tous les repas mais qui boivent trop pour toucher à leur assiette. Quant à Margot qui est la seule qu'elle pourrait supporter vingt-quatre sur vingt-quatre, elle n'aime que les voyages lointains, Kenya, Chine, Birmanie, et elle aime les faire seule.

Elle finit par s'asseoir sur le sable et rallume son téléphone pour faire une photo de l'horizon qu'elle envoie à Margot, à Jacques, à sa mère et à son père. Évidemment elle aimerait aussi l'envoyer à Jean, mais elle a promis de ne pas donner de nouvelles.

*
* *

Assise sur la marche de la porte-fenêtre, elle fixe les deux grosses bûches qu'elle vient de poser à ses pieds. Elle les a trouvées dans l'abri de jardin qui n'était pas fermé à clé. Elle a googlé « démarrer un feu » mais elle n'a ni allume-feu ni petit bois ni papier journal. Margot sait sûrement comment faire du feu, elle a grandi à la campagne, mais Alex n'a pas envie de l'appeler pour ça. Elle voudrait se débrouiller seule, ici. Elle a évidemment en tête la scène où Daniel

Craig déchire des pages d'un livre pour les jeter dans la cheminée dans *The Girl with the Dragon Tattoo*, mais ça n'avait pas l'air de marcher, pas la peine qu'elle sacrifie la bio de Coltrane qu'elle vient à peine de commencer.

Jamais elle n'aurait imaginé qu'un jour, elle vivrait près de l'océan et pourrait y aller n'importe quand. Elle essaye de se rappeler à quel moment les choses ont basculé. Ça la frustrait déjà depuis quelque temps quand elle lisait des interviews ou des bios d'artistes partis s'exiler ici ou là pour travailler différemment. Mais elle ne s'attendait pas à la jalousie qui avait commencé à l'envahir, petit à petit, chaque fois qu'elle regardait un film avec des scènes qui se passaient à d'autres endroits que dans une ville. Qu'un personnage marche sur une plage, enfile un blouson pour sortir dans la neige ou simplement fasse la cuisine dans une maison, et elle l'enviait d'être *ailleurs*. La mer et la campagne, elle va avoir les deux ici. Et brusquement ça lui revient, la quantité de petits morceaux de bois qu'elle a vus par terre, en allant à la plage et en revenant, partout, aussi bien sur la chaussée que les bas-côtés. Il doit y en avoir plein autour de la maison. Elle n'a pas de sac en plastique et ne voit pas dans quoi elle pourrait ramasser ça, et puis elle se rappelle qu'elle a une casserole dans la cuisine.

La terre du chemin est jonchée de brindilles et de branches tombées des arbres qu'elle commence à ramasser. Le jour baisse rapidement, on n'y voit presque plus assez. Elle lève les yeux vers le ciel bleu marine où quelques étoiles scintillent déjà. D'où elle se tient, aucune des maisons qu'elle peut voir n'est éclairée. Si ça se trouve, il n'y a qu'elle ici. Quand on se sent seule au milieu des autres, autant l'être pour de bon. Le tout est de ne pas l'être avec soi-même, et ça, elle a l'habitude.

Assise sur le matelas, dans le salon, elle regarde cette grande pièce carrelée et vide que l'ampoule du plafond éclaire trop violemment. Dehors, il fait maintenant nuit noire. Dans la cheminée, le feu n'a pas pris, les deux bûches sont intactes. Elle se voit assise là avec la bio de Coltrane, sur ses genoux, qu'elle n'a pas envie de lire pour l'instant. Son téléphone, en train de charger, avec lequel elle n'a encore appelé personne. Son ordinateur qu'elle n'ouvre pas pour écouter de la musique ou regarder un film. Ce n'est que la deuxième nuit et il en reste encore trois avant que ses affaires arrivent. Elle se voit, assise là, seule dans cette maison sans aucun meuble, et elle se demande ce que percevrait quelqu'un qui se tiendrait dans l'obscurité du jardin à l'observer. Est-ce qu'il verrait une Parisienne qui va sur ses quarante-six ans et qui crève d'envie de partager sa vie avec quelqu'un mais a appris à s'en passer. Qui vient d'emménager dans une maison de quatre pièces mais qui est tellement habituée à vivre dans une seule qu'elle a déjà rapatrié le matelas dans le salon. Une fille qui a l'air cool, dégourdie, sans peurs, mais qui avant d'éteindre ce salon allumera le couloir, comme la nuit précédente, pour ne pas dormir complètement dans le noir en l'absence de lampadaires dans la rue. Une fille qui a les larmes aux yeux parce qu'elle ne sait pas où elle a trouvé le courage de tout quitter et qui espère que ça va aller. Qu'elle va faire de la bonne musique ici, qu'elle va continuer d'être sollicitée pour des projets importants même si elle n'est plus à Paris. Qu'elle va rester sur une pente ascendante, ou qu'au moins ses revenus vont rester stables. Qu'ils ne risquent pas de chuter au point qu'elle ne puisse ni repartir, ni garder la maison, et qu'elle se retrouve coincée dans un deux-pièces en province et finisse par se tirer une balle. Mais plus que tout, elle espère qu'elle ne va pas se perdre, qu'elle va continuer d'être ce qu'elle est, ou que ce qu'elle va devenir sera mieux qu'avant, et pas l'inverse.

Le village

Une sorte de tristesse latente a pesé sur elle toute la journée sans qu'elle sache pourquoi. Ça ne venait pas des deux heures passées avec le propriétaire venu faire l'état des lieux d'entrée. Il n'a pas semblé contrarié de voir son matelas directement par terre dans le salon. Il n'a pas eu l'air agacé non plus qu'elle le saoule de questions sur comment utiliser la chaudière, régler les radiateurs, faire du feu, se procurer du bois ou choisir une tondeuse pour la pelouse. Il lui laisse le lit pour la chambre d'amis, lui a prêté un transat, lui a fait visiter le garage, lui a dit que la clé peut rester sur la porte de son côté pour qu'elle puisse y accéder en cas d'incendie, et il a été charmant en insistant pour lui montrer où était l'épicerie. Le trajet en voiture était agréable avec les vitres baissées et toute cette verdure partout, et en reconnaissant la portion de route qu'elle a suivie hier, elle a eu le sentiment d'être déjà chez elle, ici.

Le malaise n'était pas lié non plus à la vue désolante du CocciMarket, gris et orange, perdu au milieu de nulle part sur un parking au bord de la départementale. Ni au manque de choix dans les allées, ou aux marques inconnues pour la plupart, ou aux deux uniques clients qui avaient plus de soixante-dix ans. Ça n'a pas été non plus de constater que dans le village, un peu plus loin, il n'y a rien. Ni boucher, ni fromager, ni primeur, ni seconde épicerie, ni tabac. Seulement une boulangerie qui n'ouvre que de juin à septembre, un restaurant et trois crêperies, le tout en enfilade sur la même rue, et un bar avec une terrasse où elle a ramassé un journal sur une des tables pour servir d'allume-feu. Plus bas, dans cette rue qui descend vers un petit port, elle est entrée dans l'unique magasin qui vend des articles de plage et des objets de brocante banals à des prix exorbitants, et elle a acheté des cartes postales avec des timbres et un Bic, dont une carte pour Jean qu'elle n'a évidemment pas glissée dans la boîte aux lettres, mais ce n'est pas ça non plus qui l'a déprimée.

Le port n'est rien de plus qu'un bâtiment d'école de voile, un ponton en béton qui avance dans la mer et quelques bateaux à moteur ancrés ici ou là. Mais en prenant le chemin côtier pour rejoindre la première plage d'hier et rentrer ensuite par le même trajet, elle est enfin passée au-dessus de la demi-douzaine de criques qui sont toutes plus sublimes les unes que les autres. L'eau y est tour à tour turquoise ou d'un vert pâle transparent, là où il n'y a pas d'amas d'algues ou de roche immergée et qu'on voit le fond sableux, et la végétation qui entoure chacune des criques est si dense que des coins d'ombre et de soleil alternent sur ces petits bancs de sable vierges de toute trace de pas. Son sac de courses avec deux packs de Coca était trop lourd pour qu'elle cherche à y descendre. Certaines ont l'air accessibles par des escaliers depuis le chemin côtier, d'autres n'en ont pas, elle reviendra à marée basse pour voir si on peut passer des unes aux autres entre les rochers.

Ce n'est pas non plus ce qu'elle a regardé sur internet en rentrant qui l'a plombée. Même si c'est une mauvaise nouvelle qu'on ne puisse pas commander sur le site du magasin de bricolage qui livre du bois et qu'il faille aller payer sur place à dix kilomètres. Ou que les éboueurs qui passent une fois par semaine ne ramassent pas les piles de cartons et qu'il faille les emporter à une déchetterie dont le propriétaire lui a laissé une carte d'accès, aussi à dix kilomètres. Ce qui veut dire qu'une fois qu'elle les aura vidés, pour s'en débarrasser elle va devoir les découper et les écouler dans la poubelle jaune pendant des semaines.

La douche qu'elle vient de prendre avait semblé mettre fin au malaise de la journée, tandis qu'elle est restée longuement à sentir l'eau bouillante ruisseler sur sa nuque et ses épaules, les bras écartés à l'horizontale et les mains carrément à plat contre les parois de chaque côté tant elle est spacieuse. Probablement la meilleure douche qu'elle ait prise de toute sa vie et, en se séchant, elle se réjouissait à la perspective de toutes les autres à venir ici. Et puis le malaise est revenu quand elle est tombée nez à nez avec le crapaud dans le salon. Un crapaud plus gros que le poing, marron et couvert de pustules, qui ne bougeait pas sur le carrelage et qu'elle ne savait pas du tout comment mettre dehors. Jusqu'à ce qu'elle se souvienne d'avoir vu un vase sur une étagère du garage et qu'elle y entre avec la clé que le propriétaire a laissée sur la porte, mal à l'aise de venir déjà fouiller. Puis elle est restée plantée là de longues minutes avec le vase et le journal ramassé au village, à ne pas oser approcher, de peur que le crapaud fasse un bond et que la frayeur lui fasse lâcher le vase et qu'il se brise par terre. Et quand elle l'a enfin retourné sur lui, il remplissait presque entièrement le diamètre, et quand elle a commencé à essayer de glisser le journal en dessous, doucement, pour ne pas risquer de le blesser, en le voyant soulever délicatement ses pattes les unes après les autres et les poser sur le journal, elle a senti quelque chose s'effondrer en dedans. Sa vulnérabilité si tangible l'a renvoyée à la sienne. Celle qu'elle a ressentie depuis le réveil sans s'en rendre compte. Celle de se retrouver ici, dans cette maison qui va être la sienne, loin de tout et de tout le monde, sans qu'elle sache à quoi ça va ressembler.

Maintenant elle est assise sur la marche de la porte-fenêtre sous le ciel bleu marine, et le crapaud est toujours là, à un peu moins d'un mètre, contre le mur sous le battant du volet. Il lui tourne le dos, ne bouge pas, et peut-être qu'il écoute le morceau qu'elle a mis pour lui sur l'ordinateur. Elle a choisi *Clair de lune* de Debussy, le morceau le plus joli qu'elle ait en MP3. Elle voulait quelque chose de ravissant pour faire plaisir à ce crapaud si laid avec ses pustules partout et qui n'a aucune idée d'à quel point il est repoussant. Et cette brusque tendresse pour lui est sans rapport avec Jean qui une fois lui avait dit que le jour où il mourra, il choisira un crapaud pour se réincarner et venir lui coasser du Hank Williams sur son balcon. Après trois jours de silence, elle est simplement heureuse d'écouter de la musique avec le crapaud.

Pendant ce temps à Paris

Jacques attend Margot sur le trottoir, en bas de chez elle, sous ses fenêtres vers lesquelles il lève les yeux régulièrement en espérant voir la lumière s'éteindre, signe qu'elle serait sur le point de descendre l'escalier, mais pour l'instant la succession de fenêtres reste allumée. Il pense à Alex qui n'est partie qu'il y a deux jours, qui était encore là avant-hier matin, ici même sur ce trottoir en train de monter dans un taxi pour aller prendre son train, et ça lui semble déjà si loin. La dernière fois qu'ils se sont vus remonte au week-end précédent, après l'enterrement du père de Mathieu. Il pensait qu'ils se reverraient dans le courant de la semaine pour se dire au revoir tranquillement, et finalement aucun des deux n'a eu le temps, ou plutôt n'a fait l'effort de trouver le temps, comme si chacun avait voulu éviter cet au revoir. Et maintenant Alex est partie et il attend Margot, et aussi odieux que ça puisse sembler de regarder les choses sous cet angle-là, il sait qu'il a perdu au change.

Pas pour tout, évidemment. S'il est question de trouver quelque chose à faire pour ne pas passer la soirée seul chez lui, Margot est exactement ce qu'il lui faut. Et en plus d'être hors norme et imprévisible au point qu'il soit impossible de s'ennuyer, elle est magnifique, cultivée et drôle, et que ce soit pour se rendre à un dîner, à une première ou à l'Opéra comme ce soir, elle sera toujours partante. Rien ne l'amuse plus que de faire semblant d'adorer les bains de foule en robe du soir, et dès qu'il s'agit d'aller écouter de la musique, même si elle n'aime jamais rien autant que le jazz, elle vient volontiers. C'est simple, fluide, l'inverse d'Alex avec qui il faut insister longuement, et encore, en vain la plupart du temps et, contrairement à Alex, elle ne google pas le groupe ou le soliste pour voir ce qui se dit sur lui, et une fois qu'elle y est, si elle trouve ça mauvais, elle se contente de s'éclipser et ensuite elle ne se plaint pas d'avoir perdu son temps et elle n'assène pas des monologues sur pourquoi ce nouveau siècle est détestable.

Le seul problème est que Margot est systématiquement en retard, même quand on lui donne rendez-vous très en avance. Il faut toujours l'attendre, même quand on arrive soi-même avec du retard pour échapper à cette attente, si bien qu'on ne peut jamais savoir si ce qu'on a prévu de faire va pouvoir avoir lieu ou pas. Ce qui n'est pas très grave en soi, les plans B sur lesquels on se rabat sont toujours aussi divertissants que ce qui était prévu initialement, et s'il y a une chose qui tient vraiment à cœur et qu'on ne veut pas voir tomber à l'eau, il suffit de décider de la faire sans Margot. Mais l'autre problème est que régulièrement, disons une fois sur cinq, Margot annule au dernier moment, parfois sans même prévenir, et qu'il n'y a aucun moyen de savoir à l'avance si ça risque de se produire. Il n'y a jamais de prémices dans la journée qui laissent présager que son fond dépressif va surgir. Tout d'un coup une pensée va la traverser et s'installer jusqu'à l'envahir entièrement, s'immiscer dans tous les recoins possibles de son cerveau, comme un écoulement d'eau par terre qui remplirait les creux qu'il trouverait sur son passage, et elle va sombrer dans un abîme dont on sait simplement qu'on ne doit pas chercher à la tirer. On doit la laisser y baigner le temps dont elle aura besoin et elle en ressortira elle-même le lendemain, propre comme un sou neuf, comme si ça n'avait pas eu lieu. Dans ces moments-là, le plus difficile est alors de faire taire le besoin de l'aider, d'être utile, de se sentir utile, et si on a de la chance, elle boira tellement, seule dans son salon ou dans sa chambre, qu'elle ne sera plus en état d'appeler et on ira se coucher tranquillement sans qu'elle se soit manifestée, et au réveil tout sera rentré dans l'ordre. Et si on a moins de chance, elle appellera et il faudra alors l'écouter pendant une heure ou plus, en pleine nuit, il faudra écouter sa voix pâteuse et peu intelligible expliquer qu'elle ne comprend pas pourquoi elle n'arrive pas à vivre comme tout le monde. Et il faudra le faire sans l'interrompre, sans rien répondre et sans s'agacer, parce que tout ce qu'on peut dire pour essayer de lui faire prendre conscience qu'on en est tous au même point et que chacun se débat avec ses propres démons, elle ne l'entend pas. Mais en fait non, ce n'est pas avoir moins de chance si elle appelle, parce que la plupart des choses qui sortent de sa bouche dans ces instants-là sont si belles ou si justes qu'ensuite on les conserve mentalement comme des petites pierres précieuses extraites des profondeurs d'une terre dont on ne sait rien.

Et tout ça donne des soirs comme ce soir, où c'est possible de dire simplement : viens, on va aller écouter quelqu'un chanter du Puccini à l'Opéra Bastille, et comme Margot habite le Marais et qu'il suffit de continuer sa rue jusqu'au boulevard Henri-IV puis de tourner dedans et de le remonter jusqu'à Bastille, si elle descend d'ici dix minutes, ils iront effectivement écouter du Puccini. Mais si elle tarde trop, ils n'auront plus le temps d'arriver avant que ça commence, et si finalement elle ne descend pas, il devra réfléchir à quoi faire, trouver avec qui aller dîner ou prendre un verre, et si elle n'envoie pas de texto pour dire qu'elle ne descend pas, il devra aussi décider lui-même à partir de quelle heure ce sera une certitude qu'elle ne viendra pas. Pour l'instant ça ne fait qu'une demi-heure, et souvent son retard peut aller jusqu'à une heure entière, mais elle ne s'autorise ça que quand les gens sont déjà en compagnie d'autres personnes. Alors il ne sait pas, il attend, c'est tout, parce que c'est elle qu'il a envie de voir, ou parce qu'Alex n'est plus là, et qu'il ne meurt pas d'envie de rentrer chez lui. Margot a horreur de rester chez elle le soir, elle n'aime son appartement qu'en fin de nuit, là pas de problème d'y retourner à plusieurs, mais le reste du temps elle veut être dehors, et pour ça ils sont semblables. Ils n'aiment pas les tête-à-tête, ils n'aiment ça qu'au déjeuner mais pas le soir, pas la nuit, ils ont besoin de voir du monde, d'être dans un mouvement, alors qu'Alex, c'est l'inverse, elle ne se sent jamais aussi bien qu'en tête à tête et toujours mieux chez elle ou chez les autres que dans les lieux publics.

S'il y réfléchit vraiment, c'est d'Alex qu'il se sent le plus proche, même si c'est de Margot qu'il est tombé follement amoureux, il y a quinze ans, et qu'il l'est sans doute toujours un peu. Mais bon, qui ne tombe pas amoureux de Margot. Pendant leur première soirée à marcher sur les quais, après le dîner, avec les lumières étincelantes des ponts qui se reflétaient dans l'eau de la Seine, sombre, plate, lisse quand plus aucun bateau-mouche n'y circule, il la regardait de côté, par instants, en essayant de comprendre ce qui lui arrivait alors que jusque-là il n'avait encore jamais été attiré par une femme. Il se souvient encore de ses talons qu'elle avait fini par retirer pour terminer la promenade pieds nus avec ses chaussures à la main. Il revoit ses bijoux qu'elle avait laissé tomber ici ou là sur le tapis chez lui en se déshabillant, ses bracelets et ses bagues de grands joailliers qu'elle se fiche éperdument d'égarer. Et il se souvient de ce qu'elle avait dit dès ce premier soir. Que depuis toujours elle n'avait connu que des hommes gris, gris comme la cendre, la neige fondue, les éléphants qui écrasent tout sur leur passage, des hommes trop centrés sur eux-mêmes pour lui donner ce qu'elle redoutait de recevoir. Et il avait dit qu'il n'était pas comme ça, qu'il aimait prendre soin des autres, et elle avait répondu qu'alors ça ne durerait pas.

Margot qui vaporise la laque de sa grand-mère dans son salon, quand elle lui manque, pour faire venir son fantôme. Qui a le sentiment d'être plusieurs personnes à la fois mais aucune de celles qu'elle croit. Qui a toujours envie d'une chose et son contraire. Margot qui redoute que la flamme en dedans s'éteigne. Une flamme qu'elle imagine être infime, au point d'avoir peur qu'elle rétrécisse jusqu'à disparaître, ou qu'elle trouve au contraire trop grande pour l'intérieur de sa tête où trop de questions et de sensations se croisent, comme sur les échangeurs qui s'enroulent sur eux-mêmes au-dessus des autoroutes à grande vitesse, comme elle dit, sans qu'elle parvienne à les retenir assez longtemps pour leur trouver un sens. Margot qui tombe dans des spirales de tempêtes intérieures et qui se compare à un brûleur à gaz un peu défectueux qui fuit de temps en temps. Margot qui sait ce que ses démons imposent d'injuste ou de cruel, mais qui refuse d'analyser ce qu'elle dit et qui laisse ce soin aux autres. Margot et son besoin de tout contrôler pour ne jamais se reposer sur personne, ne pas prendre le risque de faire confiance, ne pas se retrouver trahie, abandonnée.

Au fond, la seule chose qu'il y a à comprendre, c'est que tous ceux qui essayent de la retenir la perdent, et tous ceux qui l'ont aimée n'ont vu que ce qu'ils voulaient et n'ont pris que ce qui les arrangeait. Pour les uns, c'est la femme la plus barrée, la plus décomplexée et la plus animale qu'ils aient jamais possédée. Pour les autres, la plus inaccessible, désinvolte ou amorale. Pour lui, c'était la plus vivante, la plus bouleversante et la plus drôle, et ça tombait bien parce qu'elle, elle se voyait simplement comme une petite souris un peu marrante. Quand il la trouvait trop intense, elle disait que ça ne devrait pas avoir d'importance, que tout est question d'oscillation. Quand il s'inquiétait d'avoir un caractère trop ennuyeux, elle répondait qu'ils étaient complémentaires, que s'il ramait, elle vérifiait la direction du vent. Et ça avait marché pendant un temps, quelques mois durant lesquels il s'était découvert capable d'être fou de désir pour les entrailles et les courbes d'une femme, jusqu'à ce qu'un soir, elle aille se taper un autre type. Après, ça lui avait demandé un certain temps avant de pouvoir la revoir sans chercher à remettre ça, tant il ne valait mieux pas pour lui, et s'il n'avait pas sympathisé avec Alex, qui à l'époque était déjà la meilleure amie de Margot, il les aurait probablement perdues de vue depuis quinze ans. Et maintenant, il peut peut-être dire qu'elles sont devenues les sœurs qu'il n'a pas eues, et même si l'une des deux vient de déménager à cinq cents kilomètres et qu'elle n'a pas l'air de projeter de revenir les voir un week-end sur deux, l'autre vient enfin de se matérialiser devant lui sur le trottoir, même s'il est évidemment trop tard pour l'Opéra.

La ville

Elle se penche au-dessus de l'évier pour boire au robinet, puis ressort sur la terrasse et s'affale dans le transat du propriétaire. La ville. Quelle ville ? Ce qui est à trois kilomètres et demi, et qui en fait faire sept aller-retour, n'est pas *une ville*. C'est la même chose que le village d'hier, une unique rue commerçante qui descend mais pas vers la mer cette fois, vers un cimetière. Ils appellent ça une ville parce qu'il y a des panneaux qui font savoir que dans d'autres rues adjacentes se trouvent une mairie, un centre sportif et un bureau de poste qui a un distributeur, mais c'est tout. Deux tabacs, un magasin d'électroménager, un autre de prothèses auditives, un caviste, des pompes funèbres et une agence immobilière. Mais pas de pharmacie, pas de droguerie et carrément aucun magasin de nourriture en dehors du Super U à l'entrée du bourg. Elle est tellement déconnectée qu'elle n'avait même pas vu qu'on est dimanche. Il venait à peine de fermer quand elle est arrivée et il n'y avait déjà plus personne nulle part. Pas une silhouette en train de remonter en voiture ou de disparaître au coin d'une rue. Pas d'éclats de voix dans les jardins des petites maisons. Tout était figé autour d'elle, pire qu'un décor du *Truman Show*, et impossible de trouver la plage n° 3 censée être par là-bas.

Elle voulait rentrer par un autre chemin que la départementale qui est déprimante, une ligne droite à deux voies bordées d'arbustes chétifs avec une piste cyclable d'un côté et rien de l'autre, ce qui ne laisse qu'un seul côté pour marcher et aucune portion n'est à l'ombre. Mais le temps qu'elle regarde sur Google Maps, son téléphone s'est éteint. À un endroit, elle s'est arrêtée devant une profusion de minuscules fleurs bleues ravissantes mais, quand elle s'est penchée pour en arracher délicatement une poignée, ces petites choses l'ont attaquée. Une sensation de brûlure s'est aussitôt répandue dans sa main, et en faisant passer la poignée de fleurs dans l'autre pour regarder sa paume qui devenait rouge, la même brûlure a envahi l'autre main. Il n'y avait pourtant pas de duvet bizarre sur les tiges ni d'épines ni de bestioles dans le feuillage. Elles ne voulaient juste pas qu'on les touche et elle a dû les lâcher en marmonnant OK, ça va, j'ai compris. Et le crapaud est parti. Non pas qu'elle s'attendait à ce qu'il ait passé la nuit entière sous le volet, mais elle pensait l'apercevoir dans l'herbe ou quelque part. Et elle a perdu le gramme de coke. Il était dans sa trousse de toilette et il n'y est plus. Le jour du déménagement, une fois l'appart nettoyé, elle l'a mis dans un compartiment intérieur de la trousse avant de la remplir avec les produits qu'elle avait laissés sur le rebord du lavabo pour les ranger en dernier. Mais au moment de fermer la trousse, elle a vu que le fond était rempli de grains de tabac et elle l'a vidée pour la secouer. Le petit paquet a dû tomber dans le lavabo et ce n'est même pas comme si elle pouvait dire à Margot d'aller le récupérer pour elle-même. Les clés ne sont pas chez la gardienne, c'est l'huissier de l'état des lieux qui les a, et peut-être qu'il a aussi la coke. Il était tellement pointilleux, à noter jusqu'aux moindres trous de punaise dans les murs, qu'il a dû voir le paquet sur l'émail du lavabo et l'empocher quand elle avait le dos tourné. S'il n'avait pas su ce que c'était, il l'aurait laissé et elle l'aurait vu en venant se laver les mains avant de quitter l'appart. Ce connard a sa coke.

Le soleil tape trop fort sur la terrasse. Elle regarde le peu d'ombre que projette l'érable sur l'herbe, hésite à y emporter le transat, puis se relève pour retourner dans le salon et s'accroupit devant son ordinateur resté par terre qu'elle ouvre pour regarder comment se rendre à la plage n° 2. Quelle idiote d'avoir acheté un gramme avant de partir. Pour quoi faire, elle songe en rempochant son téléphone qui n'a pas fini de charger. Quel intérêt d'avoir seulement un gramme ici alors qu'après ça donne envie de continuer à taper pendant des jours. Tout ça pour quoi, parce que celle du dealer de Mathieu le week-end dernier était meilleure que celle de la fois d'avant qui avait un goût de kérosène ? Maintenant elle va boucler là-dessus pendant des heures alors que si elle n'en avait pas acheté, ça ne lui traverserait même pas l'esprit.

*
*   *

Elle marche de nouveau, mais au moins cette fois le trajet est à l'ombre sur une petite route bordée d'arbres. Elle les revoit, tous, ce soir-là, chez Jacques, à la fête de dernière minute qu'il avait organisée pour que Mathieu se sente le moins seul possible. Elle revoit Mathieu, qui se tenait au milieu de sa bande de copains, l'air ailleurs. Sans doute toujours devant le corps de son père dans la chambre mortuaire où Jacques et elle l'avaient accompagné au début de la semaine. Ou toujours sur le parvis de l'église où il était resté immobile longuement au bas des marches, pendant qu'elle se vidait, à regarder les amis de ses parents se disperser. Elle revoit la mère de Mathieu pendant la messe, assise au premier rang avec des lunettes noires, sous sédatif, et sa tête qui ne bougeait pas quand Mathieu se penchait pour lui dire quelque chose à l'oreille. Elle devait bloquer sur le visage de son mari en train de virer au bleu, dans son dressing, où il venait apparemment tout juste de se pendre avec la ceinture de son peignoir. Ses jambes bougeaient encore quand elle était entrée et Mathieu, qu'elle avait aussitôt appelé, lui avait crié de le décrocher, de ramasser la chaise et de monter dessus, ou d'au moins rassembler ses forces pour le maintenir soulevé en attendant que les secours arrivent. Et dans le téléphone qu'il lui avait fait mettre sur haut-parleur, Mathieu l'avait entendue tomber de la chaise, ne pas se relever et seulement rester là à gémir *mon Dieu aidez-moi*. Alex et Margot avaient écouté ces détails que Mathieu avait fini par raconter ce soir-là, jusqu'à ce que Margot fasse signe à Alex de s'éloigner vers le fond du salon et qu'elle lui demande s'il n'y avait pas quelque chose qui la laissait perplexe. Ouais, avait répondu Alex, la ceinture du peignoir, pourquoi sa mère n'a pas couru chercher un couteau ou des ciseaux, et Margot avait hoché la tête en disant que visiblement la mère de Mathieu était trop riche pour savoir où se trouvaient les couteaux dans la cuisine ou même où se trouvait la cuisine. Et à partir de là, leur malaise grandissant leur avait fait quitter la fête pour aller écouter des vinyles de Monk sur la moquette de Margot.

Mais avant de passer la porte, Alex avait vu Jacques la fixer dans l'entrée bondée, elle avait vu son regard entre les têtes, abattu, implorant, et quelqu'un d'autre qui aurait capté ce désespoir l'aurait mis sur le compte de son empathie pour Mathieu, vu que Jacques sait ce que c'est de grandir avec des parents qui se détestent et dont l'un des deux finit par mourir à cause de l'autre. Mais ce n'était pas ça. Avec ce qui venait d'arriver, à moins d'assumer de passer pour un salaud, il ne pouvait plus ni quitter Mathieu, ni fermer sa galerie sur laquelle Mathieu comptait pour exposer bientôt, ni partir ailleurs pour écrire son livre. Il ne pourrait rien faire de tout ça avant un paquet de temps, et c'était le regard de quelqu'un qui voit sa possibilité de changer de vie s'évaporer et son monde se refermer sur lui-même. Voilà pourquoi hier elle n'arrivait plus à se rappeler où elle était il y a une semaine. Elle était à une putain de fête donnée à cause d'un enterrement, le deuxième de l'année après celui de Vincent en juin, et elle n'avait ni envie de penser à Vincent, ni envie de penser au fait que maintenant, à son âge, elle ne connaît plus que des gens qui sont seuls ou qui s'infligent des histoires aberrantes pour ne pas l'être.

La plage n° 2 est comme celles qu'elle a connues enfant. Des kilomètres de sable à perte de vue, la même étendue sauvage et désertique, moins les grandes vagues. Là ce n'est pas entièrement désert comme à la crique d'avant-hier, mais les quelques autres personnes qui se promènent sont à des centaines de mètres les unes des autres. Dans ses affaires elle doit encore avoir des photos d'elle avec Vincent sur ces plages, prises par leurs mères, dont une qui était celle qui avait le mieux capté ce qu'il dégageait toujours plus ou moins. Dessus il doit avoir douze ans, il est coupé à la taille, torse nu, en train de sortir de l'eau, les cheveux en arrière, archibronzé avec ses yeux vert clair et il sourit à l'appareil, surpris d'être pris en photo, comme s'il avait oublié qu'il n'était pas seul sur la plage, comme si jusqu'à la seconde d'avant il avait été dans un autre espace-temps. Sur le grand tirage qui trônait sur l'autel, dans l'église, et qui était aussi reproduit sur le petit livret posé sur chaque chaise, il avait exactement le même regard, trente ans plus tard. Son visage prenait toute la photo et il ne sortait pas de l'eau, mais on voyait le bleu de l'océan derrière, à Bali où il vivait depuis quelques années, et il avait ce même air surpris de remarquer la présence de quelqu'un.

Il y a quelques mois, à force de ne pas trouver de maison par ici, elle avait presque sérieusement songé à aller partager sa villa là-bas. Et puis il a fait cette overdose. Il finissait toujours par replonger après avoir décroché mais, quelque part, elle avait toujours pensé que ça ne pourrait pas le tuer parce que c'était ce qui l'aidait à vivre. À l'église, elle ne s'était pas levée pour aller se recueillir devant le cercueil tant ça la consternait de le faire devant une boîte vide. Le corps de Vincent était encore à Bali, en attente d'être rapatrié, ou déjà incinéré, elle n'avait pas bien compris, et assise là, tout ce qu'elle avait trouvé à se dire avait été putain, Vincent, t'as passé ta vie à donner le sentiment que t'étais pas là et le jour de ton enterrement, t'es pas là non plus. Maintenant elle comprend que s'il était resté à Bali après y avoir passé un été, ce n'était sans doute pas uniquement pour une fille, mais peut-être aussi pour retrouver le temps où il n'avait pas encore tout perdu.

Son enfance au bord de la mer, quand il manquait son père qui avait quitté sa mère très tôt mais que sa grande sœur ne s'était pas encore tuée dans un accident de voiture, que son petit frère n'avait pas encore succombé à une overdose lui aussi, et que leur mère ne s'était pas encore enfermée dans sa voiture dans le garage pour s'asphyxier. Et voilà, maintenant Vincent qui était son plus vieil ami est aussi mort, toute cette famille est morte, et le dernier mail de Jean il y a une semaine se terminait par *considère-moi comme mort*. Abruti.

*
* *

Le type qui est derrière elle, sur la route, la suit. Elle en est presque sûre. Elle n'a osé se retourner qu'une fois et il est trop loin pour qu'elle puisse bien le voir, mais il a un blouson gris comme le type de la plage. Pas le jeune qui était assis sur le sable à qui elle a demandé du feu. L'autre, le quarantenaire qui avait déjà l'air de la suivre tandis qu'elle longeait le bord de l'eau. Il faut qu'elle s'en débarrasse avant d'arriver à la maison, sinon il saura où elle habite et, tant qu'il n'y aura pas de rideaux dans le salon, le soir elle se demandera tout le temps s'il est caché dans l'obscurité du jardin à l'épier. Alors elle s'arrête, prend une grande inspiration pour se donner du courage et commence à revenir vers lui.

— Pourquoi vous me suivez ?

— Je ne vous suis pas, il répond sans la regarder et sans s'arrêter. J'habite là, il ajoute en désignant du menton la route un peu plus loin.

— Je vous crois pas, elle dit en se mettant à marcher à côté de lui.

Elle garde la tête tournée vers lui, alors qu'il regarde par terre, consciente qu'elle est beaucoup trop près et qu'elle n'aurait pas le temps de s'écarter si brusquement il faisait un geste.

— Ici, il dit en s'arrêtant devant un portail.

— Je vous crois pas, redit Alex en le suivant dans l'allée.

Il introduit une clé dans la serrure et la porte s'ouvre.

— Et maintenant ? il demande en se retournant et, comme Alex ne répond rien, il entre dans la maison en laissant la porte ouverte.

Elle hésite, puis entre derrière lui dans le vestibule. Ils passent devant une porte entrebâillée qui laisse entrevoir un lit défait dans une pièce qui a l'air vide. Elle le suit dans une cuisine où il n'y a pas grand-chose non plus à part un peu de vaisselle dans l'évier, un petit réfrigérateur contre un mur et une table au milieu de la pièce avec deux chaises. Quelque chose n'est pas normal. La maison a l'air inoccupée mais pas comme un endroit où on vient d'emménager ou qu'on s'apprête à quitter. Il n'y a pas de cartons ou de sacs qui traînent. Elle le regarde rincer un verre dans l'évier, puis ses yeux glissent sur la bouteille de vin sur la table, le verre sale, les cigarettes, le journal ouvert à une page de mots croisés, le chargeur de téléphone, le chiffon, et elle remarque enfin ce qui semble être la crosse d'un revolver qui dépasse sous le chiffon. Il essuie sommairement le verre avec un torchon puis le pose sur la table à côté de l'autre et les remplit de vin.

— J'ai que ça, il dit en retirant son blouson qu'il met sur le dossier de la chaise et il s'assied. C'est quand même meilleur que le Coca.

Il était dans le CocciMarket quand elle a fait les courses ?

— C'est pour quoi le flingue ? elle demande, toujours debout. Vous allez vous suicider ?

— Non, je le nettoie.

— Ah oui ?

— Vous ne croyez rien, il dit en levant enfin les yeux sur elle.

Quelque chose ne colle vraiment pas. Il a l'air d'un type au bout du rouleau avec ses poches sous les yeux, mais pas comme quelqu'un qui vivrait seul ici, cette maison ressemble plus à un point de chute provisoire qu'à une habitation.

— Il est chargé ? elle demande en soulevant le coin du chiffon.

Il ne relève pas, continue simplement de la fixer de son air las. Elle n'arrive pas à savoir s'il est désespéré ou simplement assommé par une gueule de bois. Elle a l'impression d'être censée partager quelque chose avec lui, quelques minutes, que c'est pour ça qu'il l'a laissée entrer et qu'elle l'a suivi, mais elle ne voit pas quoi.

Elle tourne la tête vers le lit défait dans la pièce de l'autre côté du vestibule, puis regarde la bouteille, puis le revolver. Elle n'a pas envie de coucher avec lui, n'aime pas le vin et il ne semble pas avoir besoin de parler. Qu'est-ce qu'il fout avec ce revolver, il a trop regardé *Voyage au bout de l'enfer* ? Sans réfléchir elle le prend, l'approche de sa tempe et, en même temps que le type bondit de la chaise, elle presse la détente et entend juste *clic*.

Il lui reprend doucement le revolver, ouvre le barillet, fait glisser l'unique balle dans sa main pour la fourrer dans sa poche, puis le repose sur la table et se rassied. Il semble maintenant esquisser un sourire même si de nouveau il ne la regarde pas.

— Vous ne voulez toujours pas un verre ? il finit par demander en s'en resservant un autre.

Mais Alex commence déjà à ressortir de la pièce à reculons, puis se hâte de retraverser le vestibule et referme la porte d'entrée derrière elle avec précaution, comme s'il fallait que ce qui vient de se passer reste à l'intérieur. Son cœur cogne dans sa poitrine tandis qu'elle trace au milieu de la chaussée. Elle ne se retourne pas pour voir s'il est sorti la regarder s'éloigner. Elle ne sait pas ce qui lui a pris. Tellement soulagée d'être enfin ici que plus rien n'a d'importance ? Quelle conne. Elle aurait pu mourir. Pour de bon. Sans aucune putain de raison. Elle cligne des yeux pour chasser les larmes qui affluent. Elle se concentre sur la marche de la porte-fenêtre, sa place ici qu'elle aime déjà plus que tout, elle va s'y asseoir avec un thé et remettre Debussy pour que le crapaud revienne, et demain est un autre jour, bon sang, demain est un autre jour.

L'hypermarché

En se hâtant de pousser le Caddie à travers le parking immense du Leclerc vers l'entrée, elle se demande si le chauffeur du taxi pourrait ne pas l'attendre, tant il a l'air saoulé que la course soit un aller-retour et qu'après cet arrêt, il leur faille encore aller dans le magasin de bricolage où elle doit commander un stère de bois et acheter quelques filets pour pouvoir faire du feu en attendant que le stère soit livré. Tandis qu'elle pénètre dans le centre commercial, elle reçoit un texto de Margot qui lui envoie une photo de la porte cochère de son ancien immeuble, prise à travers la vitre du japonais à l'angle où Margot a visiblement un déjeuner de boulot. Elle s'arrête le temps d'en prendre une de la galerie marchande et tape *La gueule de l'enfer, 9 700 m²* en ajoutant l'émoji du singe qui se cache les yeux. Ici, elle n'a besoin que de produits ménagers et de quelques trucs aux rayons frais. Elle a déjà fait un stock de tout le reste avant de partir, presque la moitié de ses cartons est remplie de nourriture. Elle longe les magasins de l'allée en slalomant entre les *corners* de vente de téléphones, de produits pour e-cigs et de bijoux qui se succèdent en plein milieu, puis elle arrive enfin aux caisses qui délimitent la partie alimentaire et qu'elle dépasse à la recherche de l'entrée.

Sacs-poubelle, sacs de congélation, papier-alu, film étirable, essuie-tout, éponges, produit vaisselle – elle prend tout en cinq exemplaires. Lessive, adoucissant, détachant, trois de chaque. Papier toilette, dix paquets. Elle va entasser ça sur la banquette arrière et monter à l'avant, le chauffeur va adorer. Au rayon des boissons, elle perd du temps à ressortir les paquets de PQ pour faire de la place aux packs d'eau et de Coca. Elle ajoute quelques bouteilles de jus de tomates pour les Bloody Mary de Margot, un pack de Fever Tree pour les gin-tonics de Jacques, et brusquement elle se rend compte. Il y a ses empreintes sur le flingue du type. S'il s'en sert pour quoi que ce soit d'autre que se suicider, elle pourrait voir les flics débarquer. Comment expliquer pourquoi elle l'a eu dans les mains ? Elle chasse l'image, pas envie de repenser à ce qu'elle a fait ni à cette maison. Pas non plus envie de savoir que quelqu'un est peut-être sur le point de se tirer une balle sans qu'elle essaye de l'en dissuader.

En se dirigeant vers le comptoir du boucher, elle se rend compte qu'elle ne peut pas acheter de viande tant que le réfrigérateur qu'elle a commandé n'a pas été livré, et elle bifurque vers le comptoir du fromager. Il n'y a pas de musique de fond, ici. Le matin du déménagement, quand elle est allée chercher des sacs-poubelle au Franprix, la radio passait *Modern Love* de Bowie. Vraiment ironique que quelque chose soit venu lui rappeler Lou au dernier moment, alors que depuis la signature du bail de la maison, elle ne cédait pas à l'envie de lui faire signe pour lui dire qu'elle quittait Paris. Comme à chaque fois qu'elle pense à Lou, elle se demande ce que ça aurait donné si ça n'avait pas commencé de manière virtuelle. Si elle l'avait croisée quelque part, au lieu de voir passer son tweet qui contenait l'extrait du morceau de Bowie dans le film de Carax. Sans la tonne de mails qu'elles avaient échangés pendant des semaines avant de se voir, est-ce qu'elle se serait retournée sur Lou sur un trottoir, est-ce qu'elle aurait trouvé qu'elle dégageait quelque chose ?

Pendant qu'elle attend dans la queue du fromager, elle revoit le premier rendez-vous, un après-midi de décembre, dans un square derrière Bastille. Assises épaule contre épaule sur le banc, transies de froid, à se partager les oreillettes de l'iPhone de Lou pour écouter un morceau de Cat Power qu'Alex ne connaissait pas, qu'elles avaient bien remis vingt fois, et Alex jubilait de sentir un truc amoureux l'envahir de nouveau. Une peintre, certes trop jeune, seulement trente ans, et certes pas célibataire, mais qui ne pouvait plus se passer de lui écrire du matin au soir. Et pourtant les signes que ça ne marcherait pas étaient déjà là. Quand Lou avait prévenu qu'elle devrait repartir à cinq heures pour être chez elle quand sa petite amie rentrerait de son boulot, Alex aurait dû comprendre que ce serait toujours comme ça. Ou dès le mail où Lou avait dit qu'elle vivait depuis dix ans avec quelqu'un qu'elle n'avait jamais trompé. Ou dès celui où elle expliquait que la fille travaillait pour qu'elle puisse se consacrer à sa peinture. Ou encore dès celui où elle confessait que pour l'instant elle se contentait de copier ce qu'elle aimait en attendant de trouver quel genre s'approprier. Alex aurait dû se dire que jamais Lou ne sortirait de sa zone de confort, jamais elle ne chercherait un job alimentaire pour avoir les moyens de déménager de chez sa petite amie, et que si elle n'avait encore rien peint de personnel depuis dix ans qu'elle était entretenue pour ça, jamais elle ne le ferait. Mais quand on échange des mails trop longtemps au lieu de se rencontrer rapidement et qu'ils sont bourrés de rêves et de projections, une fois que ça commence, on s'est déjà trop convaincu d'avoir quelque chose à vivre pour laisser tomber.

Elle ressort de la queue du fromager qui ne diminue pas assez vite et se dirige vers le rayon du pain. Ça ne l'agaçait pas que les premiers temps Lou soit stressée de venir chez elle et qu'elle préfère la voir dehors. Plus la frustration de ne pas embrasser quelqu'un devient insupportable et plus ça retourne la tête quand ça arrive enfin. Ça ne la saoulait pas non plus que pendant qu'elles sillonnaient le Marais, tous les après-midi, elles doivent éviter les rues les plus fréquentées et les cafés pour ne pas risquer d'être vues par des copines de la petite amie. Elles achetaient des pâtisseries rue des Rosiers qu'elles dévoraient en marchant, entraient dans les églises pour se réchauffer, allaient chez Paul Beuscher sur Beaumarchais où Alex lui jouait du piano, et même si elles s'efforçaient de maintenir une distance alors qu'elles avaient toujours froid, quand les ruelles étaient assez désertes, l'une ou l'autre finissait par glisser son bras autour de la taille de l'autre, avant de s'arrêter pour rester collées un moment, sans bouger, emboî-tées, agrippées, comme si sentir leurs deux corps trouver enfin leur place leur permettait de mieux respirer. Et le jour où elles étaient enfin mon-tées chez Alex, quand Lou avait commencé à se défaire de son manteau, dans l'entrée, en le laissant tomber par terre et qu'Alex l'avait pous-sée lentement vers le mur avant de refermer une main autour de sa gorge, tout était là dans les yeux de Lou qui s'étaient emplis de larmes. Le vertige du sexe à venir, l'accablement d'être sur le point de tromper sa petite amie, la panique à la perspective que sa vie doive changer. Et face à ça, la trouille d'Alex était aussi dévorante en constatant qu'elle ne pouvait plus s'imagi-ner sans elle. Au-delà des vagues de désir qui venaient lui tordre le ventre sans arrêt depuis des semaines, bien au-delà de ça, une brusque tendresse l'avait submergée et lui avait donné la certitude de vouloir prendre soin d'elle pour la protéger de tout ce qui pourrait venir lui faire du mal. Et si Alex avait eu la faiblesse d'ignorer les signes jusque-là, après cette première fois chez elle, c'est vraiment là qu'elle aurait dû tout arrêter. Jour après jour à s'attraper contre les murs de l'appart, à s'embrasser à pleine bouche et se caresser à travers leurs vêtements puis, dès que ça montait trop, Lou se dégageait. Besoin de temps avant d'aller plus loin, besoin de lenteur, trop intense, soi-disant. Alors qu'en fait, elle voulait simplement éviter de se retrouver face au choix. Quitter l'autre ou devenir quelqu'un qui trompe. Si pas d'orgasme, pas de tromperie. Comme si elle n'avait pas déjà commencé à la seconde où elle s'était mise à lui envoyer des mails la nuit avec le téléphone caché sous la couette pendant que l'autre dormait à côté. Tous les jours de la semaine à venir se coller contre Alex puis à la repousser, après quoi elles erraient dans l'appart, défaites, hagardes, avant de revenir à la charge. Au bout d'un certain temps, quand on ne se respecte pas assez pour trouver la force de dire stop, ça ne peut que dégénérer.

Elle sort la liste de courses, récapitule ce qu'elle a pris et regarde autour d'elle pour voir où se trouve le coin des fruits et légumes. Envie de quitter sa petite amie, mais incapable d'assumer ce que ça changerait. Envie d'avoir au moins une liaison avec Alex, mais incapable d'aller jusqu'au bout. Envie d'arrêter de la voir, mais incapable de rompre le contact. Et envie de se mettre à créer au lieu de continuer à faire des copies pour sa poignée de fans sur Twitter, mais pas capable non plus. Alex avait voulu l'aider pour sa peinture, qu'elles aient au moins cette raison-là de s'être rencontrées, et Lou avait aussi eu l'air d'en avoir envie, mais comment aider quelqu'un qui ne veut pas montrer où en est son travail, et comment ne pas devenir folle quand tout le reste n'est déjà qu'impossibilités. Quelqu'un avec qui on ne peut pas s'endormir ni se réveiller, qu'on ne peut emmener nulle part le soir, chez qui on ne peut jamais aller, qu'on ne peut pas couvrir de cadeaux, qu'on n'a pas le droit d'appeler, qui disparaît du vendredi soir au lundi, et qui frustre tous les jours de la semaine. À force d'entendre *non* à tout, Alex avait fini par remplacer son prénom par *NON* dans le répertoire de son portable et, parfois, au moins quelques fois, voir le mot s'afficher lui passait l'envie de répondre. Elle aurait pu essayer de pousser Lou à dessiner quand elle venait, mais il n'y avait même plus d'espace pour ça. Le peu de temps qu'elles passaient ensemble, elles l'employaient à se détruire. Ou plutôt Alex se défoulait et Lou se taisait en regardant par terre, sans jamais rien répondre pour essayer de désamorcer, sans jamais faire un geste. Après quoi elle disait par mail que la violence verbale la paralysait au point de la faire se refermer complètement, et c'était peut-être vrai, mais elle avait surtout fait le choix une fois pour toutes de ne pas tromper l'autre, sans pour autant le dire, en faisant croire que c'était désormais la pression qu'Alex lui mettait qui l'en empêchait. Quand la frustration et le ressentiment dévorent à ce point de l'intérieur, si on n'a toujours pas le courage de se tirer, s'acharner à saper ce qu'est l'autre devient l'unique moyen de survie, et on passe d'aimant à abject sans même savoir si on avait déjà ça en soi avant ou pas.

Alex ne s'était rien retenue de lui balancer. Son couple de dix ans était de la merde. Jamais la fille ne lui ferait sortir les tripes sinon ce serait déjà fait. Elle devait être retardée de l'entretenir à ne rien faire ou espérer qu'elle ne perce pas pour ne pas risquer de la perdre. Tant que Lou serait dans un cocon, elle ne vivrait jamais rien d'assez fort pour peindre des choses consistantes. Tant qu'elle ne crèverait pas de faim, elle ne connaîtrait pas le besoin de se dépasser. Il ne suffit pas de savoir dessiner et copier pour être un créateur. S'il n'y a pas de confrontation avec un public, ça n'existe pas, ça n'apporte pas de pierre à l'édifice, ça n'a pas de dimension, ça ne s'inscrit dans rien et ce n'est rien de plus qu'un putain de hobby. Alors sa comparaison avec Cat Power dont elle disait espérer être un équivalent en peinture, il allait falloir qu'elle la limite à sa frange parce qu'elle n'avait ni son besoin maladif de sincérité, ni sa capacité à exploiter ses failles, ni son alternance d'abîmes et de rédemptions dont on tire des diamants bruts. À moins qu'elle se réveille, sa vie entière allait s'écouler sans qu'elle n'en fasse jamais rien et elle finirait par être dévorée par la jalousie de voir les autres artistes continuer à produire, le désespoir d'être passée à côté d'elle-même, et l'aigreur de devenir une ratée imbuvable – autant se foutre en l'air tout de suite pour s'éviter cette agonie.

Elle commence à faire la queue devant une caisse. Ça fait une heure qu'elle est là, elle s'attend à voir le chauffeur débouler. Elle s'en foutait que Lou se contente de copier d'autres gens jusqu'à la fin de ses jours. C'était simplement surréaliste de l'entendre parler d'art et de ce qu'elle essayait de peindre chez elle tout en ne sachant jamais à quoi ça pouvait bien ressembler parce qu'il n'y avait que ses copies qu'elle postait. Avec le temps, Alex a fini par comprendre que Lou n'avait jamais eu l'intention de devenir vraiment une artiste et qu'elle n'avait juste pas osé le dire de peur qu'Alex s'en désintéresse. Ce qu'elle pouvait avoir comme blessures ou comme trésors à l'intérieur, elle n'en ferait rien. Alex serait d'ailleurs incapable de dire en quoi ça consistait, Lou ne lui a rien montré ou raconté de profond. Mais sa voix grave et ses yeux tristes la mettaient en transe, et peut-être qu'Alex ne l'avait voulue que parce qu'elle ne pouvait pas l'avoir, mais elle l'avait voulue. Assez pour y retourner trois fois en trois ans, pour supporter chaque fois le même cirque puis la jeter puis lui réécrire de nouveau des mois plus tard. Jusqu'à ce qu'elle n'ait enfin plus envie. Ça a juste été une non-histoire du lundi au vendredi entre une fille de trente ans qui ne voulait pas grand-chose et une autre de quarante et quelques qui voulait beaucoup trop.

Elle finit de transvaser le contenu du Caddie sur le tapis roulant de la caisse, puis détache une demi-douzaine de sacs du présentoir et passe de l'autre côté de la caisse. Voilà à quoi a ressemblé sa vie amoureuse ces derniers temps. Une aberration de trois ans, des nuits sans intérêt avec des Lizzie et, pour finir, Jean. Jean qui disait qu'Alex ne s'était arrêtée sur Lou que par ennui et qu'elle lui avait couru après tant que son ego ne supportait pas d'être rejeté. Peut-être que c'est ça, la vérité, mais pas seulement. Elle voulait *la sauver*. Il se trouve simplement que Lou n'avait pas besoin de l'être. Sa façon de vivre lui suffisait. La dernière fois qu'Alex a voulu regarder sur Twitter, elle ne l'a pas retrouvée, Lou a supprimé son compte. Elle rempoche sa carte bleue, entasse le dernier sac sur le haut du Caddie rempli à ras bord et commence à le pousser pour rejoindre l'allée centrale qui mène vers la sortie. Merde, Lou, t'es où maintenant...

Les cartons

Elle regarde les déménageurs refermer le portail du jardin derrière eux, puis elle lève les yeux vers le ciel qui est en train de s'éclaircir après la pluie, et elle entre dans le salon. Tout est là, entassé autour d'elle, à part le matériel et les instruments que les déménageurs ont mis directement dans la chambre 2. Ils ont aussi déposé le matelas et le sommier dans la chambre 1, et le lave-linge dans la cuisine. Il ne manque aucun carton, elle les a cochés sur sa liste au fur et à mesure qu'ils les apportaient. Aucun n'est abîmé non plus ni n'a été ouvert, tous sont toujours couverts de son Scotch. Et ils sont déjà triés par catégories aux quatre coins du salon pour qu'elle n'ait plus qu'à les emporter dans les pièces correspondantes – ce qu'elle commence à faire, avec ceux destinés à la cuisine, en prenant soin de ne pas glisser sur le carrelage maculé de traces de semelles mouillées que les déménageurs ont laissées partout.

Évidemment elle meurt d'envie d'installer son studio en premier mais, entre le déballage, les branchements et les réglages à refaire, ça va lui prendre des heures. Elle veut se débarrasser du reste avant, et il faut qu'elle vide tous les cartons si elle veut pouvoir commencer à les écouler dans la poubelle jaune. Ça l'agace d'être devenue à ce point organisée. Elle ne sait même pas si elle est désormais efficace pour ne pas perdre de temps inutilement, ou si elle appréhende encore d'être dépassée par certaines choses comme du temps où elle était trop à la masse pour s'en occuper. Parfois elle a l'impression que si ça n'avait tenu qu'à elle, elle aurait pu passer sa vie à ne rien faire d'autre que jouer et se défoncer sans avoir besoin de savoir comment choisir la taille d'un paquet de sacs-poubelle ou organiser un déménagement. Rien d'autre à penser qu'où débarquer pour jouer ou enregistrer. Mais bon, pour ça il faut n'être que musicien, pas compositeur, et être dans un groupe qui sert de moteur, pas travailler seul, et faire partie d'une scène musicale bourrée d'opportunités. Pas vivre à une époque où tout est éclaté et où plus personne n'est relié à personne. Ou il faut trouver acceptable qu'un ami ou un fan se dévoue pour tout, en plus de l'avoir dans les jambes. Mais une fois qu'on ne se drogue plus, on n'a plus trop d'excuses de ne pas gérer son quotidien et plus très envie de faire pitié ou de décevoir. On peut peut-être se gâcher jusqu'à vingt-cinq ans, rester avachie dans une chambre aux volets fermés à parfaire des solos d'autres gens et se piquer à l'héro pour oublier qu'on ne crée rien, mais ensuite il vaut mieux se réveiller.

Elle n'aurait pas dû faire mettre le lit dans la chambre, pour l'instant elle a envie de continuer à dormir dans le salon. Ses yeux glissent sur les courses d'hier alignées contre le mur de la cuisine. Elle va y ajouter la nourriture qui est dans les cartons et déjà sortir la vaisselle. Entre ce qu'elle a acheté en ligne et dans le quartier avant de partir, elle a oublié la plupart des contenus et les redécouvre à mesure qu'elle les déballe. Un carton de pâtes italiennes, un autre de riz divers. Un autre de thé, de confitures, de sucreries. Un autre de bouteilles d'huile d'olive, de sauces de soja, d'épices, de condiments. Le nouveau presse-agrume toujours dans son emballage. La nouvelle bouilloire. Elle sort le grille-pain, le blender, le *rice cooker*. Elle a laissé le cuiseur-vapeur à la gardienne et lui a aussi donné toute la vaisselle. Elle n'a gardé que les casseroles et les poêles, sa vieille théière et l'argenterie de sa grand-mère que sa mère a partagée avec elle. Elle voulait avoir le moins de choses possibles ici, que ça ressemble à un exil, pas à une nouvelle installation. Et que ce ne soit que des objets aussi beaux, sobres, dépouillés et fonctionnels que l'idée qu'elle se fait d'un quotidien loin de tout. Le peu de choses qu'elle a rachetées viennent d'un site de design nordique, quelques assiettes et mugs en grès, une lourde planche à découper, un wok en fonte. Elle n'est pas très sûre de comprendre pourquoi elle se met à attacher de l'importance à ça, mais c'était ce qu'elle voulait pour ici, se dépouiller du plus possible et aimer infiniment le peu qu'elle aura.

Deux heures plus tard, elle est assise sur la marche de la porte-fenêtre du salon à faire une pause pour fumer. La vaisselle est rangée dans les placards de la cuisine qu'elle a nettoyés hier soir, quand repenser au flingue du type l'a empêchée de s'endormir. Le contenu des cartons pour la salle de bains a trouvé sa place dans les deux grands tiroirs sous le lavabo et, à mesure qu'elle les remplissait avec le stock de dentifrice, de médicaments, de crèmes hydratantes et du reste, elle s'est demandé combien de temps elle va tenir avec ces réserves. Six mois pour certaines, trois pour d'autres ? Et ensuite quoi, elle prendra chaque fois un taxi qu'elle remplira à ras bord en faisant les courses au pas de charge pour que le chauffeur n'attende pas plus d'une demi-heure ? Elle n'a aucune envie de passer le permis. Elle essaye de visualiser ce que donnerait un scooter ou une mob avec une brouette accrochée derrière, mais en fait elle s'en fout de ne pas savoir comment le quotidien va se mettre en place. Elle a rapatrié son lit dans le salon et fait passer les cartons restants dans la chambre 1. Finalement, elle n'en a vidé aucun pour l'instant. Il lui semble qu'il va s'écouler du temps avant qu'elle sache quoi faire de quelle pièce. Elle a seulement sorti une housse de couette et ses autres oreillers et a mis des taies dessus. Elle n'est plus pressée d'acheter des meubles comme elle pensait le faire. Elle peut très bien continuer à vivre comme à Paris avec ses vêtements sur ses deux portants et les livres, les CD et les DVD empilés par terre.

Maintenant il lui reste à s'attaquer à la chambre 2 pour installer le studio. Mais tout d'un coup, pour ça non plus elle n'est plus si pressée. Elle a eu tort de dire aux déménageurs de tout y entasser, la pièce est impraticable maintenant, remplie jusqu'au plafond comme dans une cave. Elle va devoir retransvaser la moitié du contenu dans le couloir avant de pouvoir ouvrir les cartons. Mais surtout, comment les déballer sans qu'une chose ou une autre lui fasse penser à Jean. Ou à Lou. Ses trois guitares, sa basse, ses amplis, elle les a achetés avec Jean. Sur ses huit synthés, il y en a cinq qu'elle avait choisis sur ses conseils. Qu'elle ouvre le carton de l'échantillonneur, du séquenceur, du compresseur ou des enceintes de monitoring, et elle le reverra en train de l'aider à les installer quand elle a commencé. Ou qu'elle ouvre ceux qui contiennent les câbles et les multiprises, ou les pédales et les micros, et elle entendra Lou délirer sur la vie des objets qui s'animent sûrement pendant qu'on dort. Le banc du piano numérique lui rappellera que quand elle se mettait à s'énerver, Lou allait s'y asseoir et tentait de jouer quelques notes, timidement. Dans ces moments-là, Alex finissait par se taire mais elle ne venait pas s'asseoir à côté de Lou pour autant. Elle ramassait ses clés et sortait en claquant la porte pour aller faire le tour du pâté de maisons jusqu'à ce que Lou s'en aille. Et quand elle rentrait, il n'y avait jamais un mot laissé quelque part. Rien. Au point qu'Alex ne sait même pas à quoi ressemble son écriture.

Si elle n'installe pas le studio tout de suite, ce qu'elle peut déjà faire, c'est aller extraire la chaîne et les enceintes des cartons pour les mettre dans le salon et évaluer jusqu'où elle peut monter le volume sans gêner les voisins, s'il y en a. Elle n'aura qu'à faire le tour du jardin pour voir à quel point on entend quand on est près des haies, et faire un essai avec les portes-fenêtres ouvertes, puis fermées. Il faut qu'elle trouve un CD, mais quoi choisir pour inaugurer la maison ? Elle sait bien qu'elle a été injuste avec Lou. Ça ne devait pas être facile pour elle non plus. Devoir cacher tous les soirs qu'on a la tête ailleurs, que quelqu'un nous manque, que ça nous ronge. Faire semblant que tout va bien quand on sort d'une engueulade atroce. Ça a dû être un cauchemar. Elle sait aussi que si ça la rendait dingue de ne pas voir Lou se bouger, c'était parce que ça la renvoyait à elle-même, à sa propre impuissance jusqu'à ses vingt-cinq ans, et à sa crainte cyclique que sa tendance à l'inaction revienne quand elle lui laisse trop de latitude. Elle sait bien que c'était ça, le dégoût de retrouver sa pire faiblesse chez Lou.

Elle se relève de la marche pour rentrer jeter son mégot dans la cheminée, puis embrasse du regard le salon à nouveau vide à l'exception de son lit qu'elle a installé contre le mur du fond.

Elle regarde encore la cheminée dans laquelle elle a enfin pu faire du feu hier soir pour la première fois. Elle a dû remettre du petit bois sans arrêt pour que les flammes ne s'éteignent pas, mais avec le temps elle va apprendre. Elle va être bien ici.

[Interlude]
Icarus LS1

Le robot est sorti du sol. Il est apparu au milieu de la chaussée, a fait un geste puis s'est de nouveau rétracté dans le bitume. C'est la seule bribe qui reste à Léo du rêve qu'il a fait dans le train, et qu'il essaye encore de reconstituer tandis qu'il pénètre dans l'appartement et referme la porte derrière lui. Il n'arrive plus à voir le geste du robot et ne se rappelle plus s'il était destiné à une voiture ou à quelqu'un qui avait traversé en dehors des clous, mais il lui semble maintenant que même s'il n'en a vu qu'un seul, il devait y en avoir partout, dans toutes les rues de toutes les zones urbaines de tous les pays, prêts à se matérialiser à chaque seconde où ce serait nécessaire. Et peut-être qu'en fait c'était un hologramme et non un robot, mais au réveil il lui restait l'impression que cette chose avait été obéie. Il pose son sac dans l'entrée et s'arrête sur le pas de la porte du salon. Tout est tel qu'il l'a laissé avant de partir. Les quelques livres sur la table basse devant le canapé, les vêtements entassés sur l'un des deux fauteuils.

Il passe la tête dans l'encadrement de la porte de la chambre, le lit est toujours défait de la même façon et sa valise toujours ouverte sur la moquette. Il ne s'attendait évidemment pas à ce que quelqu'un soit entré ici, mais il espérait peut-être que retrouver ses quelques affaires lui donnerait un peu l'impression de revenir chez lui dans ce meublé. Il entre dans la cuisine, se penche pour ouvrir le petit réfrigérateur, en sort un Coca, puis ramasse son sac et passe dans le salon où il lâche le sac près du canapé et s'affale dedans sans retirer son blouson.

Il ne sait même pas ce qu'il fait ici. Il ne vient de rentrer de Bretagne que parce que l'autre meublé, là-bas, n'est louable qu'une semaine sur deux. Il ne s'y sent pas plus chez lui, le deux-pièces est tout aussi impersonnel que celui-ci mais, au moins, quand il traîne sur la plage déserte, il a le sentiment d'être dans un paysage où il y a de la place pour tout le monde et où il a la sienne. Alors qu'ici, quand il marche sur les trottoirs, il n'y a que la nuit qu'il ne se sent pas déphasé. Dans la journée, ses errances sont trop en décalage avec le rythme des autres qui savent où ils vont. Sur ses quatre vieux copains qu'il a rappelés depuis un mois qu'il est revenu en France, trois travaillent toute la journée, sont désormais mariés, ont des enfants et ne proposent rien d'autre que de passer dîner avec leur famille. Et tous les trois l'envient d'avoir de l'argent et du temps devant lui, au lieu de comprendre qu'il n'a pas d'élan, que le seul qu'il a eu a été pour vendre ses actions, démissionner et monter dans un avion. Quant au quatrième, Jeff, qui est célibataire et dont il est déjà proche vu qu'ils ont travaillé au même endroit et que lui aussi a démissionné mais six mois avant Léo, il fait une dépression et ne propose rien du tout.

Il se penche pour retirer son blouson qu'il lance sur le fauteuil. Pas comme ça qu'il imaginait son retour après ces cinq ans en Californie. Il pensait qu'il irait s'installer chez sa mère pendant un temps, elle a transformé son ancienne chambre en bureau et y a laissé son lit. Mais au-delà du fait que l'appartement et la chambre lui ont tout de suite rappelé l'agression, il n'a réussi à tenir que deux jours face à sa mère avant de se sauver en courant. Même pas venue le chercher à Roissy, et elle lui est tombée dessus dès le premier soir, à essayer de le convaincre de chercher de nouveau le même boulot que celui qu'il vient de quitter. Elle lui a balancé que tout plaquer après sept ans d'études et cinq ans d'expérience, c'est du caprice. Elle l'a traité de parano quand il lui a rappelé qu'à chaque étape il y avait eu des signes flagrants qu'il ne devrait pas faire ce métier. Et quand il a fini par dire que cette merde lui a fait perdre toutes ses illusions sur l'être humain et que ça n'aurait jamais dû lui arriver si jeune parce que maintenant, au lieu de se sentir plein de vie comme quelqu'un de trente ans, il se sent éteint comme un vieillard, elle a levé les yeux au ciel et répondu que les illusions sont faites pour être perdues.

Il a cru qu'elle avait eu peur de devoir l'entretenir, qu'elle n'avait pas compris qu'il a gagné de quoi voir venir pendant un certain temps, et en fait non. Elle le méprise parce qu'elle aimerait être à sa place, être douée pour un job intéressant et bien payé qui représente l'avenir. Il ne voit que ça comme raison. Depuis, elle laisse un message de temps en temps pour dire qu'il peut venir s'il a besoin de faire un repas équilibré ou des lessives, mais il ne répond pas. Il n'est pas en train d'attendre qu'elle comprenne qu'elle est trop égoïste pour qu'il ait envie de la voir. Il n'a simplement plus besoin d'une mère. Les premiers mois, là-bas, quand il faisait des crises d'angoisse et qu'il l'appelait pour dire qu'il s'était trompé et qu'il voulait rentrer, elle lui rappelait qu'elle avait payé ses études. Même à Noël ou pendant les vacances, elle le dissuadait de revenir, sûrement de peur qu'il ne reparte pas. Sur le campus, pendant ces cinq années, il était le seul Européen à rester là en permanence. Les autres rentraient dans leurs familles et, lui, il restait avec les quelques Japonais, Chinois et Australiens qui étaient trop loin de chez eux.

Il y a eu des signes, il n'est pas parano. En première année de master, le jour du premier cours, il était tombé dans l'escalier de l'école et s'était foulé le poignet gauche. En deuxième année de master, le jour du premier cours, il était tombé dans un autre escalier et s'était cassé le bras droit. Puis quelques semaines avant de commencer son premier emploi, il y a eu l'agression. Et un an et demi plus tard, quand il a enfin été en état de chercher à nouveau du travail, en sortant du premier entretien, il s'est fait renverser par une moto à un passage piéton. Lui qui avait traversé toute l'enfance sans jamais se blesser. Et le jour du départ pour la Californie, il n'y avait rien eu, comme si la vie nous signalait les choses pendant un temps puis, si on continue à refuser de les voir, elle finit par arrêter et nous abandonne à notre sort. Ce matin-là, à l'aéroport, pendant l'attente avant d'embarquer, il avait eu envie de reprendre le RER dans l'autre sens. Il s'était forcé à rester parce que l'agression qui avait tout changé lui avait déjà trop coûté. Entre la perte du premier emploi qui était le rêve de sa vie, le temps cloué à l'hôpital, la déprime à la sortie, les douleurs atroces de la rééducation, et pour finir l'obligation de reprendre des études pour se remettre à niveau, il n'avait pas osé abandonner au moment où un nouveau départ se présentait enfin. Mais ça n'a jamais rien eu à voir avec une envie de quitter la France. Il voulait simplement partir là où on ne saurait rien de lui, là où on ne le regarderait pas comme une pauvre chose à qui il était arrivé un truc atroce.

Ces années sur le campus de Facebook, il les a presque vécues entièrement en pilote automatique. Du moins pendant la journée. Il prenait le petit déjeuner, le déjeuner et le café de l'après-midi avec les mêmes deux ou trois potes, mais ils avaient beau partager ses points de vue sur ce qu'ils faisaient et éprouver le même malaise grandissant, il n'arrivait pas à être vraiment lui-même avec eux. Comme si l'agression avait mis fin à la possibilité de se sentir relié ou connecté aux autres. Compliqué quand on travaille sur les algorithmes d'un réseau social. Il ne se sentait normal que quand il se promenait seul sur la rive de la baie, derrière le campus, pour regarder le soleil se coucher, ou quand il roulait jusqu'à San Gregorio, à quarante kilomètres, pour aller s'asseoir au pied des falaises face à l'océan. Même pendant les quelques aventures qu'il a eues, il est resté en partie absent. Il ne peut pas parler de lui aux gens. Non pas qu'il soit habité d'une sorte de noirceur qui pourrait leur faire peur ou les rendre tristes, et ce n'est pas non plus un problème de confiance, il n'a rien à cacher. Mais disons qu'il n'y a jamais personne qui lui donne l'impression que ce qu'il pourrait décrire serait compris. Enfin si, étrangement, il y a eu cette fille, l'autre jour, sur la plage. Quand il était assis sur le sable à quelques mètres de l'eau et qu'elle est passée devant lui puis est revenue en arrière pour lui demander du feu en voyant qu'il fumait. Il a senti quelque chose qu'il n'avait pas senti depuis des années, ou peut-être même jamais avant, en fait. Il a eu le sentiment qu'elle, elle pourrait comprendre. Il y avait quelque chose de différent chez elle. Quelque chose d'à la fois profond et léger, comme quelqu'un qui perçoit les choses mais ne les laisse pas tout obscurcir. Quelqu'un qui sait vivre dans l'instant. Du moins c'est l'impression qu'il a eue en la suivant du regard un moment pendant qu'elle longeait le bord de l'eau. Il ne sait pas si le type qui marchait à distance derrière elle était son petit ami ou seulement un ami, ils avaient l'air d'être venus ensemble vu qu'il est reparti en même temps qu'elle. Il espère que si elle vit là-bas, il la recroisera la prochaine fois.

DEUXIÈME PARTIE

Tu mourras seule et mal sapée

C'est ce que disait le *fortune cookie* dans le rêve qu'elle a fait cette nuit. Elle quittait Jean de nouveau, comme en septembre quand elle est allée à Berlin pour vingt-quatre heures et que le soir de son arrivée, pour lui parler, elle l'avait emmené au chinois tamisé et désert en bas de chez lui et qu'il s'était levé de table au milieu du dîner, et qu'ensuite elle s'était couchée sur le canapé-lit du salon sans qu'il rentre de toute la nuit et qu'elle était repartie le lendemain matin sans l'avoir revu. Sauf que dans le rêve, le restau était ici, sur la plage, en plein jour, et abandonné, et Jean n'était pas assis en face d'elle à la table poussiéreuse, il n'y avait même pas de masse informe sur la chaise. Une masse indéfinie aurait été logique, en attendant de savoir si un jour ils se reverront ou s'il faudra qu'elle le considère comme un banal ex qui peut effectivement disparaître. Elle aurait presque préféré voir une apparition hybride, comme quand Cillian Murphy se transforme en monstre dans le *Batman* de Nolan, n'importe quelle présence plutôt que ce vide. Et il n'y avait même pas le *fortune cookie* sur la table, comme si quelqu'un s'était contenté de poser là la petite bande de papier sans même lui filer le biscuit.

Tu mourras mal sapée, ça, sûrement pas vu qu'elle n'a aucune fringue moche. Mais seule, peut-être. Tout comme elle l'est, là tout de suite, sur la plage qu'elle longe, la tête rentrée dans les épaules, son bonnet baissé jusqu'au ras des yeux et ses mains dans les poches de son blouson malgré ses gants. Pas le meilleur moment pour venir se promener jusqu'ici, mais elle tournait en rond après avoir terminé de préparer la maison pour Margot qui débarque tout à l'heure. Il est déjà cinq heures du soir, dans une demi-heure il va faire nuit et elle a oublié la lampe de poche qu'elle emporte maintenant quand elle part se promener en fin de journée. Entre l'absence d'éclairage de rue et l'absence de trottoirs qui oblige à marcher au bord de la chaussée, le risque de se faire faucher par une voiture est réel. À chaque fois que des phares apparaissent dans la distance, il faut reculer le plus possible sur le talus du bas-côté, et même quand on s'éclaire le haut du corps avec l'app de la torche pour se signaler à la voiture qui approche, ça ne suffit pas. Le conducteur ne remarque la tache de lumière qu'au dernier moment et balance des appels de phares en même temps qu'il écrase son klaxon qui vient déchirer le silence de la nuit, ce qui fait reculer précipitamment sur le talus et se retrouver les pieds dans l'eau du ruisseau qui le borde.

Il n'y a qu'elle sur la plage, personne d'un côté comme de l'autre, mais quand elle ne voit aucune silhouette au loin, ça ne la fait pas se sentir seule. C'est au moment où elle croise d'autres gens seuls qu'elle prend conscience qu'elle l'est, parce que c'est comme ça qu'elle est aussi perçue. Les promeneurs sont si rares et semblent toujours tellement interchangeables, quelconques, comme étrangement absents dans ce décor sauvage au lieu d'en faire partie. Ou peut-être qu'en ville, on remarque ce que les passants dégagent parce qu'ils ont des choses dans les mains, des sacs de courses ou un téléphone, ce qui restitue un contexte et une partie de leur caractère, alors qu'ici, ceux qui arpentent parfois la plage ont les mains dans les poches ou les bras ballants, sans indication d'où ils viennent, ni de qui ils sont, comment ils vivent et si ça leur pèse de venir se promener seuls. Quant à ceux qui marchent par deux, ils sont toujours vieux, sans qu'il soit possible de savoir s'ils s'aiment toujours ou s'ils se supportent pour ne pas attendre la mort seuls, et à chaque fois qu'elle en voit, ça lui fait se demander si être capable de se passer de compagnie fait d'elle quelqu'un de vraiment costaud ou d'asocial.

Ici, où qu'elle aille, personne ne la remarque. À la plage, personne ne se retourne sur son passage. Comme si ces gens qui se promènent seuls, et qu'elle suppose être seuls, n'avaient plus besoin d'être séduits ou de séduire. Comme si leur renoncement ou leur acceptation de leur solitude était devenu leur identité, seuls et puis voilà. Au supermarché, à part les caissières, personne ne la calcule non plus. Dans les allées du Leclerc, aucun regard à la dérobée de pères de famille. Chacun fait ses courses comme s'il n'avait besoin de rien d'autre que de remplir son Caddie. Comme dirait Jean, pas surprenant qu'une grande fille maigre pas maquillée en jean et en baskets soit à des années-lumière de leurs fantasmes de base, mais ce n'est pas que ça. On dirait qu'ils ont ce qu'il leur faut, ou du moins qu'ils se sont fait une raison, qu'ils savent ce que vaut ce qu'ils ont et qu'ils n'ont pas envie de le mettre en danger. C'est l'impression qu'elle a quand elle regarde tout ce petit monde prendre des choses dans les rayons des allées du Leclerc, les entasser sur le tapis roulant de la caisse ou regagner sa voiture en sortant. Que personne ne manque de rien, ici.

*

* *

Dans le salon, avant même de retirer son bonnet et son blouson, elle va s'accroupir devant la cheminée dont elle enlève le pare-feu pour mettre deux bûches et relancer les braises qu'elle a recouvertes avant de sortir. Elle espérait que Margot viendrait passer Noël ici avec Jacques, qu'elle ferait enfin une exception à sa règle de ne plus fêter Noël. Sa sœur et sa mère ont fini par s'y remettre mais Margot, toujours pas. La seule chose qu'elle accepte de faire qui soit lié aux fêtes de fin d'année est d'aller voir sa mère début janvier, à Rennes où elle vit maintenant, et c'est de là qu'elle arrivera tout à l'heure par le dernier train. Elle va rester trois jours et trois nuits et tout est prêt. Le lit de la chambre du fond est fait, le réfrigérateur est plein, un sauté de veau a mijoté pendant deux heures et un fondant au chocolat est en train de refroidir sur le plan de travail. Ce matin Alex a aussi fait l'aller-retour de sept kilomètres au Super U de la ville pour acheter une branche de céleri pour les Bloody Mary de Margot. Et elle a remis le chauffage partout il y a deux jours pour que la maison ait le temps de se réchauffer.

Elle sait qu'il faut qu'elle trouve un autre moyen que le fioul pour chauffer. Les radiateurs sont trop vieux pour dégager vraiment de la chaleur et les murs trop mal isolés pour la conserver. Si on ouvre tous les radiateurs, ce qu'elle a fait en novembre, ça consomme énormément de fioul sans pour autant qu'il fasse chaud, et si on n'en ouvre que la moitié, ce qu'elle a fait en décembre, ça consomme encore beaucoup trop et il fait froid partout. Alors depuis le début de ce mois de janvier, elle ne chauffe plus qu'avec la cheminée et le radiateur à bain d'huile qu'elle a acheté. Pendant une semaine, tous les soirs elle a traîné ce radiateur à roulettes dans la chambre 1 où elle avait enfin migré, jusqu'à ce qu'elle en ait marre et maintenant elle dort de nouveau dans le salon. Évidemment absurde de tout concentrer dans une seule pièce quand on en a quatre, et de dormir sur un canapé quand on a deux lits, mais c'est comme ça. Elle dort sur ce canapé en cuir noir qu'elle a trouvé sur un site de brocante, composé de sept modules mis bout à bout qui forment un L spacieux, profond, idéal pour y traîner toute la journée et assez grand pour s'y allonger de tout son long d'un côté comme de l'autre. C'est le seul meuble dans le salon avec la table basse noire qu'elle avait déjà à Paris et le tapis gris à poils longs. Elle a installé l'ensemble au milieu de la pièce, face à la cheminée, en accrochant enfin des rideaux, et en fait elle n'a besoin de rien de plus. Ses livres, ses DVD et ses CD sont empilés le long d'un des murs, et la télé et la chaîne sont aussi à même le sol sur le côté. Elle va simplement retourner dormir dans la chambre 1 pendant que Margot sera là, histoire que le salon ressemble à un salon. Elle a hâte qu'elle arrive. Besoin de voir la chambre d'amis enfin servir. Besoin de voir Margot utiliser ce qui a été acheté pour elle dès le début, la brosse à dents, le flacon de son eau de toilette. Besoin de mettre la table pour deux, d'y poser la cocotte sur un dessous-de-plat au lieu de se servir dans la cuisine debout devant le plan de travail. Besoin que demain matin la cuisine sente le pain grillé et les oranges pressées, au lieu qu'elle se contente de tremper un biscuit dans son thé par flemme de préparer des choses seulement pour elle. Besoin de montrer la maison, même si pour l'instant toutes les pièces restent vraiment spartiates. Besoin de montrer les plantes qu'elle a commencé à amasser, même si la plupart sont mal en point et qu'elle n'y connaît tellement rien qu'elle ne sait même pas si elles sont mortes ou en hibernation pour l'hiver. Besoin de montrer son garde-manger. Besoin de montrer les plages. Que Margot comprenne pourquoi elle est partie, ou plutôt pour quoi elle reste, depuis maintenant quatre mois qu'elle est ici.

*
* *

La nuit est tombée et elle attend sous le lampadaire au bout du chemin, là où il rejoint la grand-route. Elle est sortie en pull et elle est gelée. Elle attend ici au cas où le taxi de Margot serait en train de tourner dans le coin sans trouver la maison. Elle devrait déjà être là depuis une heure et elle ne répond pas à son portable. Alex espère voir des phares enfin approcher, mais la route reste figée dans le noir et le silence. Elle regarde encore l'heure sur son téléphone, puis elle appelle Jacques en commençant à revenir vers la maison.

— Elle est en train de rentrer, je pensais qu'elle t'avait prévenue.

— Mais faut pas autant de temps pour venir de la gare.

— De rentrer à Paris.

Alex s'arrête au milieu du chemin.

— Quoi ?

— Elle est repartie.

— Hein ?

— Elle est venue en train et elle est repartie en voiture.

— Comment ça ? Mais elle est avec qui ?

— Personne. Michel a trouvé un chauffeur qui était d'accord pour faire le trajet.

— Michel ?

— Mon ancien chauffeur.

— Je comprends pas de quoi tu parles.

— Elle est venue en train, puis en taxi jusque chez toi, et en cours de route elle a fait demi-tour, et une fois à la gare, il n'y avait plus de train pour Paris et pas de taxi qui voulait bien l'emmener, alors elle m'a demandé de lui trouver une voiture.

Alex referme la porte-fenêtre du salon derrière elle et reste plantée au milieu de la pièce.

— Mais qu'est-ce qui s'est passé ?

— Rien. C'est la campagne. Tu sais bien qu'elle ne peut pas aller à la campagne.

— Mais de quoi tu parles ? C'est pas la campagne ici, c'est la mer.

— Ben dans le taxi elle a trouvé que ça ressemblait à la campagne et c'était au-dessus de ses forces.

— Putain mais je le crois pas. Elle est où là, c'était y a combien de temps ?

— Le nombre de fois où elle me l'a fait dans la Drôme, elle dit qu'elle vient et puis au dernier moment... Tu sais bien.

— Mais tu plaisantes ou quoi ? Elle te voit toute l'année, c'est pas comparable !

— J'imagine qu'elle t'appellera demain quand elle aura moins honte.

— Mais ça veut dire quoi, qu'elle va jamais venir ici ?

— C'est un problème, j'entends bien. Mais n'oublie pas qu'elle sortait de chez sa mère, ça n'a peut-être pas aidé.

— Mais putain, Jacques, t'aurais dû lui dire de faire un effort au lieu de lui chercher une voiture.

— Alex.

— OK, désolée, mais je peux plus. Si elle change pas, c'est plus la peine, je suis trop vieille pour ces conneries – et elle raccroche.

Demi-tour ? Non mais on croit rêver. Elle balance le téléphone sur le canapé et passe dans la cuisine pour aller éteindre le chauffage. Elle longe ensuite le couloir jusqu'à la chambre du fond dont elle ouvre la fenêtre pour refermer les volets. Cette foutue chambre d'amis sans un seul pli sur le lit, sans vêtement sur le fauteuil, sans fil de chargeur de téléphone qui traîne sur le carrelage. Dans la salle de bains, elle reprend la serviette et va la remettre dans le placard du couloir. Elle entre dans sa chambre où elle attrape deux oreillers et la couette, revient dans le salon où elle les lâche sur le canapé, puis elle retourne dans la cuisine et se plante devant la cuisinière. Elle n'a envie ni du sauté de veau, ni du gâteau qui attend à côté, recouvert par le moule. Elle attrape à deux mains la grosse cocotte en fonte pour la mettre dans le réfrigérateur, pareil pour le gâteau, et elle retourne dans le salon où elle va s'accroupir devant la cheminée dont elle retire à nouveau le pare-feu pour remettre une bûche.

Qu'est-ce que ça veut dire de ne même pas prendre sur soi pour faire plaisir. De s'en foutre de voir où elle est installée. De la voir tout court après quatre mois. Son frère qui a disparu à la campagne le soir de Noël, c'est juste devenu une excuse parce qu'elle se fait chier au milieu de nulle part. Mais ici c'est pas la campagne, bon sang. Et d'accord Margot n'a jamais rêvé d'avoir une chambre à elle dans une maison en dehors de Paris, et Jacques non plus vu qu'il a déjà sa maison dans la Drôme, mais putain, ils pourraient jouer le jeu le temps d'un week-end. Même Jacques qui a l'excuse d'être sans arrêt en voyage pour son boulot aurait pu trouver le temps de faire un aller-retour en quatre mois. Elle a compris qu'elle ne leur manque pas, que ça leur suffit de l'avoir au téléphone régulièrement, qu'ils sont trop pris par la ville pour ressentir son absence physique, mais eux, est-ce qu'ils se demandent de quoi elle a besoin. Est-ce qu'ils se disent que s'ils lui manquent trop, elle prendra le train pour revenir les voir ? Elle n'a aucune envie de mettre les pieds à Paris, même pour une journée.

Oui, presque tout est dysfonctionnel ici, et après, qu'est-ce que ça peut foutre. Oui, cette maison qui est impossible à chauffer est glaciale au point qu'elle ne prend qu'une ou deux douches par semaine tellement c'est désagréable de se déshabiller entièrement. Oui, la nuit, quand elle se réveille avec l'envie de faire pipi, elle s'efforce de se rendormir au lieu de se lever. Oui, le vide sanitaire en dessous a dû être fait n'importe comment parce que le sol est tellement gelé qu'elle ne peut pas marcher en chaussettes. Oui, les doubles vitrages sont des faux qui n'isolent pas, donc en plus elle a des fenêtres moches pour rien. Oui, même dans le salon avec la cheminée et le radiateur à bain d'huile, le matin, elle doit laisser passer du temps avant de pouvoir boire la bouteille d'eau minérale sur la table basse qui est glacée. Oui, elle garde le bidon d'huile d'olive près de l'âtre de la cheminée sinon dans la cuisine il gèle. Oui, la cheminée à foyer ouvert est belle mais elle ne chauffe que le conduit, comme a dit le ramoneur. Et elle refoule, il faut entrouvrir une des portes-fenêtres pour que ça s'arrête, ce qui refroidit chaque fois la pièce. Et certains jours, quand le vent est vraiment fort, il s'engouffre bizarrement dans le chambranle de la porte d'entrée et mugit de manière atroce comme un animal qu'on torture. Et non, l'humidité qu'elle avait trouvé accueillante le premier jour, à la gare, ne l'est plus du tout. Elle grimpe souvent jusqu'à 98 % et tout est moite, de la housse de couette aux vêtements entassés çà et là, aux pages des livres qu'elle est en train de lire, et ça désaccorde ses guitares sans arrêt, et elle a l'impression qu'elle commence à avoir mal dans les articulations. Et non, ce n'est pas la région la plus froide du pays, bien sûr que non, le thermomètre ne descend jamais en dessous de zéro, mais se cailler dans une maison dont aucun mur n'est mitoyen avec quoi que ce soit est une autre histoire que se cailler à Paris dans un immeuble entouré d'apparts chauffés.

Et oui, il n'y a des prises de terre que dans la cuisine et dans la salle de bains et, partout ailleurs, elle sent de l'électricité passer dans ses doigts quand elle touche l'ordinateur ou la télé. Et oui, ça va être un problème quand elle va se mettre au travail dans le studio. Et oui, elle a trouvé un chauffeur de taxi qui est facilement disponible, mais le mec est tellement bavard que les trajets avec lui sont rapidement devenus insupportables et elle essaye maintenant de n'avoir recours à lui qu'une fois par mois, ce qui fait qu'elle passe son temps à aller à pied à la ville pour acheter les trucs frais.

Et puis oui, elle est nulle, elle n'a même pas
été capable d'empêcher des kilos de pommes
de pourrir. En passant devant un champ de
pommiers, en septembre, elle avait croisé une
vieille dame qui en sortait avec un panier et
qui lui avait dit de ne pas hésiter à se servir,
et elle était revenue avec un sac-poubelle rempli à moitié et elle avait rangé les pommes
dans l'abri de jardin, bien espacées comme elle
l'avait vu faire dans une vidéo sur YouTube, et
les pommes ont quand même pourri. Et oui,
il y a des bûches dans le bois qu'on lui a livré
dont elle ne peut pas se servir parce qu'elles
sont trop grosses et qu'elle n'arrive pas à les
fendre avec la hache qu'elle a achetée, elle a
failli se démettre l'épaule en essayant. Et oui, la
mangeoire pour les oiseaux qu'elle a mise dans
l'érable se fissure trop vite sous la pluie. Et oui,
elle ne s'est pas encore habituée au soleil qui
se lève et se couche une demi-heure plus tard
qu'à Paris. Et oui, elle ne connaît toujours personne ici et la fois où elle a voulu piquer deux
palettes sur un chantier pour pouvoir installer
son bois dessus, elle a dû les rapporter seule
jusqu'à la maison, plus d'un kilomètre à les
traîner sur le bord de la route avec une corde,
l'une après l'autre, plutôt que de demander de
l'aide au chauffeur de taxi qui la saoule. Et
oui, il lui arrive d'entendre du bruit le soir,
quand elle regarde un film, et de remettre la
scène en arrière pour vérifier si le bruit en
faisait partie ou pas, et quand ce n'est pas le

cas, elle se demande s'il y a des prisons dans le coin d'où pourraient s'évader des gens, comme dans les séries quand ils se planquent dans des maisons et qu'ils séquestrent les habitants qui se prennent des balles perdues quand les flics viennent donner l'assaut, mais elle n'a pas regardé sur Google s'il y en a à proximité pour ne pas commencer à avoir ça en tête.

Et oui, elle n'a pas encore vraiment meublé cette foutue maison. Les chambres n'ont qu'un lit et des rideaux, pas de table de chevet ni de tapis, et elle n'a pas non plus acheté une table de ferme avec des bancs comme elle pensait le faire pour la cuisine, ni une table en fer forgé pour le jardin, ni des transats et un parasol pour le prochain été. Elle a envie que la maison reste vide pour l'instant. Envie de continuer à se sentir seulement en partie installée. De continuer à voir ça comme un exil plutôt que le début d'une autre vie. Même si elle sait que cette maison ne va pas être viable longtemps, que ça ne peut être qu'en attendant de trouver mieux. Où, quand, comment, aucune idée pour l'instant. Mais les raisons d'être partie de Paris n'en finissent pas de s'ajouter. Si on lui posait la question, chaque jour elle pourrait donner une raison différente et aujourd'hui elle répondrait : le silence. Ce silence qu'il n'y a plus nulle part, dont plus personne ne veut pour ne pas se sentir seul. Et Jean avait raison, elle a salement besoin de se faire couper les cheveux, et à ce stade elle ne sait toujours pas si elle est venue ici pour se sentir en sécurité ou se mettre en danger, mais si elle veut danser toute seule au milieu du salon à trois heures du matin sur *Losing My Religion* à fond, elle peut.

Pendant ce temps à Paris
(suite)

Jacques se penche vers la table basse pour se resservir un fond de whisky puis se renfonce dans le canapé. Alex a raison, quelque chose doit changer chez Margot. Mais il se peut réellement que Margot ne mette jamais les pieds dans le Finistère. Il a la maison de la Drôme depuis dix ans et elle n'est jamais venue, et pourtant il lui a proposé tous les cas de figure imaginables pour lui donner envie. Et il ne serait pas surpris que si Margot ne fait pas cet effort pour Alex, celle-ci finisse par lui tourner le dos et se montrer assez dure pour s'y tenir. Mais ce n'est pas Alex qui est dure, c'est Margot. Derrière sa fragilité insensée, il y a cette force qui fait que personne ne peut jamais la détourner d'elle-même. Elle peut partir se promener seule en Chine ou passer un mois sur une plage en Thaïlande à apprendre à pêcher et à vider un poisson, mais ça ne la change pas, elle n'a pas besoin d'en revenir transformée. Le contraire d'Alex qui une fois qu'elle découvre quelque chose de nouveau fait une fixation dessus et s'y adonne intensément jusqu'à ce que ça lui apporte une nouvelle épaisseur, avant de se lasser et de passer à autre chose. Margot a seulement besoin de s'échapper régulièrement, pas de changer de vie. Et quand elle répète qu'un de ces jours elle va prendre une année sabbatique pour voyager plus, c'est bidon, elle peut prendre des risques en vacances, mais elle n'en fera jamais courir à son équilibre à Paris. Même si on lui dit qu'elle est irremplaçable, arrêter de travailler pendant un temps serait risquer de ne pas retrouver sa place à son retour et d'atterrir dans un autre bureau de presse moins bon, avec des clients moins intéressants, un salaire moins élevé, des collègues plus jeunes obsédés par les réseaux sociaux qu'elle abhorre, et c'en serait fini de sa liberté de ne pas débarquer avant onze heures et de choisir sur quoi elle travaille.

Margot ne changera pas, jamais, tout le monde sait ça. En tout cas lui le sait depuis le début. Ces phrases d'il y a quinze ans, qu'il avait trouvées griffonnées sur un bout de papier posé sur l'oreiller après la première nuit qu'elle avait passée chez lui, il ne les a pas oubliées. Ces phrases qu'elle lui avait écrites quand il avait laissé entendre qu'il n'était pas sûr d'être le genre d'homme dont elle avait besoin :

Ce qui peut te calmer est que tu me manques quand tu n'es pas là. Ce qui peut te calmer est que tu as le vrai moi. Ce qui peut te calmer est la liberté de la non-perfection. Ce qui peut te calmer est que je ne changerai pas. Ce qui peut te calmer est ma force

tout autour de toi, et ma fragilité tout autour de
toi. C'est si simple.

Quand on écrit des phrases aussi belles, c'est simplement qu'on en est capable, pas nécessairement qu'on peut les vivre. En les lisant, il avait su qu'il ne fallait surtout pas qu'il tombe amoureux d'elle, même si évidemment ça ne l'en avait pas empêché. Alex n'est pas dure, elle est simplement un peu trop droite, trop rigide. On l'intéresse ou pas, on lui plaît ou pas, c'est aussi tranché que ça, pas de séduction inutile, pas d'espace pour rêver si elle n'a pas envie qu'on rêve d'elle. Le contraire de Margot qui laisse toute la place pour rêver, qui ne laisse même de la place que pour ça. Le chauffeur qui est en train de la ramener vers Paris peut rêver tant qu'il veut. Peut-être même qu'à un moment elle lui demandera de se garer, comme elle l'avait fait le jour où Jacques l'avait emmenée à Trouville. Peut-être qu'elle aura besoin qu'il la prenne sur la banquette arrière ou contre le capot de la voiture. Peut-être qu'à lui aussi, elle dira que les femmes n'ont pas besoin des hommes, qu'elles peuvent s'en passer pour tout, qu'elles peuvent tout apprendre si on leur en laisse le temps, mais que les sentir en elles, ça, non, elles ne peuvent pas s'en passer, leur corps est fait pour les accueillir. Et si le chauffeur est jeune et qu'il se risque à lui faire remarquer que l'époque n'est plus à ce genre de point de vue, elle éclatera de rire, répondra qu'elle se contrefout de l'époque et somnolera pendant le reste du trajet pour échapper à l'ennui qu'il aura brusquement fait peser sur la conversation. Mais s'il ne dit rien, qui sait, il aura peut-être droit à un monologue fantastique sur pourquoi Monk et Coltrane et bien d'autres étaient des enfants du bon Dieu. Et puis Margot pense toujours plus ou moins ce qu'elle dit, elle ne le pense simplement pas assez longtemps.

Et la zone d'ombre est la même que chez Alex. L'une comme l'autre a peur de souffrir, et si l'une passe son temps à s'interdire de s'y perdre, l'autre ne fait que ça. Les zones d'ombre et de lumière entre lesquelles on oscille toute la vie. Pour certaines personnes, comme lui ou Alex, la lumière reste la plus forte, et quand on est tenté par l'ombre, on s'y glisse mais on en ressort. Alors que pour Baba – Benjamin –, le petit frère de Margot, l'appel de l'ombre a été un point de non-retour. Une fois qu'il y est entré, il y a plongé tout entier et, d'une certaine manière, ce qui est arrivé a aussi embarqué Margot dans une zone d'ombre dont elle n'est toujours pas ressortie. Et ce n'est pas dû à ce qui est arrivé mais à la façon dont c'est arrivé, et elle a beau dire qu'elle s'est pardonné à elle-même, ça ne suffit pas à la libérer. Tant qu'elle ne dira pas la vérité à ses parents et à sa sœur, elle ne pourra jamais rien se pardonner, et comme elle estime que maintenant c'est beaucoup trop tard pour le faire, elle est probablement condamnée à laisser le secret la ronger de l'intérieur jusqu'à la fin de ses jours. Les rares fois où elle laisse échapper un mot là-dessus, quand elle a vraiment beaucoup bu, elle dit que la question n'est plus de savoir si elle a raison ou tort de ne toujours rien dire, mais simplement de trouver comment vivre avec la réalité dans laquelle elle est.

Jacques n'a aucun mal à imaginer à quoi ressemble son retour vers Paris. Il a déjà fait ce trajet avec elle, il y a quelques années, presque dans les mêmes conditions, de nuit, en janvier. Elle lui avait envoyé un texto pour lui demander de venir la retrouver chez sa mère à Rennes en précisant que c'était une urgence, sans expliquer pourquoi, sans décrocher quand il avait essayé de l'appeler, et quand il était descendu du train, elle attendait sur un banc sur le quai avec son sac sur ses genoux et avait dit avoir simplement eu envie de compagnie pour rentrer à Paris, ce qu'ils avaient été obligés de faire avec une voiture de location parce qu'il n'y avait plus de train. À ce stade de son amitié avec elle, il n'avait aucune idée qu'elle avait perdu un frère et, depuis, quand cette histoire lui revient à l'esprit, que ce soit le périple de cette nuit-là ou la confession de Margot le lendemain matin dans la forêt, il chasse ça de sa tête parce qu'il ne veut pas avoir d'avis là-dessus. Il n'y a qu'un seul avis possible. On ne peut qu'être effaré et trouver impératif, essentiel qu'elle dise la vérité à sa famille. Et en même temps, on ne peut que comprendre le dilemme quand elle dit que personne ne lui pardonnerait d'avoir attendu tout ce temps. Elle se persuade que sa famille a dû passer à autre chose, et que ce n'est plus la peine d'aller remuer ça. Et Jacques n'a jamais raconté ça à personne, même pas à Alex. Personne n'a envie de porter un fardeau pareil, de devoir choisir entre avoir un avis ou se sentir lâche de ne pas en avoir un.

Ils étaient bloqués sur l'A10, la neige avait surpris tout le monde, plusieurs centimètres tombés en quelques minutes et, même s'ils n'étaient plus qu'à une quarantaine de kilomètres de Paris, ils avaient l'air partis pour rester coincés là toute la nuit. La portion de l'autoroute où ils étaient à l'arrêt se trouvait sur les hauteurs et, aussi loin qu'on pouvait voir, au-delà des cuvettes qui plongeaient et des côtes qui remontaient, le long ruban qui serpentait dans la distance était saturé de feux arrière. Autour d'eux, la plupart des voitures avaient le plafonnier allumé et les vitres embuées, tandis qu'eux s'efforçaient de garder la lumière et le chauffage éteints pour ne pas vider la batterie. Le panneau d'affichage qui clignotait en continu au-dessus de l'autoroute demandait de laisser les bandes d'arrêt d'urgence dégagées. À la radio qu'il rallumait régulièrement, personne ne parlait de distribution de boissons chaudes ou de couvertures, il n'était question que de gymnases en train d'être réquisitionnés, de routes secondaires impraticables tant qu'elles ne seraient pas salées et d'interdiction de quitter les autoroutes en attendant. Plusieurs fois il était sorti de cette voiture de location pour aller voir plus loin ce qui se passait, et Margot

ne disait rien chaque fois qu'il ouvrait la portière et qu'une vague d'air glacial envahissait
l'habitacle. Elle se contentait de le regarder ne
pas tenir en place, l'air de dire qu'il ne faut pas
contrarier les gens pour qui tout problème a
toujours une solution. Et puis au moment où il
s'y attendait le moins, alors qu'il revenait vers
la voiture après être descendu pour la énième
fois, il l'avait trouvée assise au volant qui lui faisait signe de remonter côté passager, et à peine
s'était-il rassis qu'elle avait démarré et donné un
coup de volant pour déboîter sur la bande d'arrêt
d'urgence. Le bas-côté enneigé avait commencé
à défiler tandis qu'ils roulaient vers la sortie avec
les roues arrière qui patinaient, et Jacques avait
été soulagé de voir les traces de pneus, devant
eux, dans la lumière des phares, qui voulaient
dire qu'ils n'étaient pas les premiers à tenter
de grimper la pente. À la sortie de la bretelle,
ils s'étaient retrouvés derrière d'autres voitures
qui attendaient pour s'engager sur une route, et
quand Jacques avait enfin ouvert la bouche pour
dire qu'il n'avait aucune idée qu'elle conduisait
et demander par où elle comptait passer, elle
s'était penchée pour attraper son sac resté par
terre à côté de lui, sans quitter des yeux la route,
et elle en avait sorti un trousseau de clés dont
l'une était bleue. Elle avait dit que c'était la clé
de son petit frère, sa clé de la porte d'entrée de
leur maison, la seule chose qu'il avait sur lui
quand elle avait trouvé son corps, la seule chose
qu'elle avait gardée de lui.

Il revoit la départementale qui précédait le petit bourg à la sortie duquel se trouvait la maison. Il neigeait de nouveau, les flocons tourbillonnaient dans les faisceaux des phares et une dizaine de voitures progressaient à la file, en faisant attention de garder leurs distances. Ils longeaient des corps de fermes dont les lumières aux fenêtres étaient comme voilées, comme si leur procession fantomatique qui passait à proximité cheminait dans une autre dimension, et pendant qu'ils roulaient lentement dans le brouillard, Margot lui avait expliqué. La maison était inoccupée depuis qu'elle avait été vendue des années plus tôt. Le type qui l'avait achetée était un Saoudien qui avait dit vouloir y venir l'été avec sa famille, mais d'après la gardienne qui était restée avec lui, il n'était jamais revenu après le jour de la vente. Personne ne voulait entendre parler de cette aberration, ni se rappeler qu'il avait acheté la maison avec tout ce qu'elle contenait. Il avait insisté, pas le temps de s'occuper de la meubler et les parents avaient été soulagés de laisser derrière eux tout ce qui pourrait leur rappeler la vie d'avant. Ils avaient attendu trois ans après la disparition de Baba pour la mettre en vente. Ils étaient tous persuadés qu'il avait fait une fugue et qu'il finirait par revenir. Tous sauf elle, évidemment, puisqu'elle savait. Une fugue parce qu'au dîner, les parents avaient annoncé qu'ils allaient divorcer et vendre la maison, et que chacun savait à quel point Baba, qui avait treize ans, tenait à cette maison et espérait qu'un jour, les parents la lui cèdent pour la transformer en clinique vétérinaire.

Il revoit le bas du chemin, dans le virage, et Margot qui s'y était engagée sans ralentir pour profiter de l'élan, le pied sur l'accélérateur même si les roues arrière chassaient sur la neige, même si les branches des arbres de chaque côté fouettaient les vitres et les portières, même si des paquets de neige tombaient sur le pare-brise. Ils dérapaient mais continuaient de grimper, pleins phares, et Jacques se retenait de dire que c'était de la folie, que quelqu'un allait les remarquer. Et puis ils avaient débouché sur un portail en bois à la peinture vert pâle qui s'écaillait, et Margot était descendue pour taper le code, et pendant un instant il s'était demandé ce qui se passerait si le code avait changé, mais c'était visiblement toujours le même, et les jambes de Margot étaient repassées dans le faisceau des phares tandis que le portail avait commencé à s'ouvrir lentement, et Margot était remontée et la voiture s'était engagée dans l'allée brusquement éclairée par les phares, entièrement blanche, immaculée, une épaisseur bien plus haute qu'ailleurs, au moins trente centimètres étaient tombés par ici, et tandis que la voiture s'enfonçait doucement dedans, Jacques s'était senti rapetisser dans le siège à l'idée que le propriétaire soit là, qu'il ait une carabine et qu'il leur tire dessus depuis une fenêtre.

Comme par hasard, la gardienne était absente, partie voir sa fille ailleurs, Margot tenait ça de sa mère restée en contact avec elle, et Jacques s'était retenu de demander à quel moment Margot avait su qu'ils viendraient là. Il n'avait pas non plus fait remarquer que s'introduire dans une maison qui n'était plus la sienne était illégal, ni que les traces de pneus dans la neige risquaient de trahir leur présence, ni qu'ils seraient obligés de rester dans le noir, dans la maison, pour qu'on ne les voie pas depuis la route. Il n'avait pas demandé non plus s'il y avait une alarme. Il s'était contenté d'écouter Margot raconter que tout, d'après la gardienne, était resté identique. Jusqu'à l'écriture de son petit frère sur le tableau de score dans la boîte de Scrabble sur une des étagères de la cuisine. Et quand elle avait ouvert la porte et allumé la lumière de l'entrée, elle avait dit qu'identique n'était même pas le mot, l'endroit était carrément *tel quel*.

Dans la cuisine, elle avait désigné du menton tout ce qui datait du temps de sa famille. Les rideaux des fenêtres à petits carreaux bleu ciel et blanc, les planches à découper rangées par taille derrière la machine à café, la bouilloire avec un fil qui avait un faux contact. Une pile de boîtes d'allumettes près de la cuisinière, une coupelle avec des éponges entre les deux éviers. La seule différence était que les petits paniers en osier qui servaient pour les fruits, sur le plan de travail central, étaient vides, et que la cheminée plus loin l'était aussi. Il manquait également le râtelier de couteaux que leur mère avait gardé et le four à micro-ondes que sa sœur avait récupéré. Et il manquait les odeurs. Celles de la cire sur la table de ferme ou du linge fraîchement repassé dans la buanderie derrière. Il n'y avait plus aucune odeur. Et si Jacques se souvient encore de ces détails après tout ce temps, c'est parce que ce soir-là, il avait espéré que ce que Margot dirait ou lui montrerait lui en apprendrait plus sur elle.

Il avait réussi à la persuader de ne pas allumer partout, de ne pas rester en bas pour cuire des pâtes et de monter se coucher tout de suite, tout ça pour éviter de se faire repérer, alors qu'en réalité, il avait simplement eu hâte de s'enrouler dans une couverture tant il lui avait semblé qu'il n'avait encore jamais eu aussi froid de toute sa vie. À l'étage, ils avaient suivi un couloir jusqu'à une chambre dans le fond et, avant de retirer leurs manteaux et leurs chaussures pour s'allonger et se coller l'un à l'autre pour se réchauffer, Margot avait entrouvert le volet d'une fenêtre qui donnait sur l'arrière de la maison et Jacques s'était approché pour contempler avec elle l'étendue blanche qui recouvrait les prés sous le ciel laiteux et étonnamment clair malgré l'heure avancée. Margot avait montré du doigt une petite cabane en bois sous des arbres, en disant qu'à l'époque ils avaient des moutons et qu'une fois par an il y avait des agneaux qui naissaient, et que Baba avait construit cette cabane pour qu'ils puissent être au chaud là-dedans sur des lits de paille qu'il avait assemblés pour eux, et elle avait dit qu'il faudrait qu'il lui fasse penser à aller voir, le lendemain, s'il y avait toujours ces lits à l'intérieur. Et qu'avant de partir, elle lui montrerait aussi l'endroit, dans la forêt. L'endroit où était son corps. Là où il s'était jeté de l'arbre et où elle l'avait enterré. À côté de son chien qu'il avait déjà enterré à cet endroit. Elle avait creusé avec l'appréhension de tomber sur des morceaux du chien encore en décomposition. C'était en pensant au chien qu'elle avait eu l'idée d'aller voir dans la forêt, la nuit de Noël où il avait disparu. Ou quelque chose comme ça. Jacques n'avait pas très bien compris et Margot commençait à s'endormir pendant qu'elle racontait ça, et il était resté un moment à regarder le plafond dans la pénombre et à se demander s'il avait bien entendu, et le lendemain, au réveil, il avait espéré repartir tout de suite mais elle avait insisté pour l'emmener dans la forêt, et là elle lui avait montré l'emplacement. Son frère avait enterré son chien là où il l'avait trouvé mort, et elle avait simplement fait pareil. Avec une pelle empruntée chez un garde forestier plus loin. Elle avait creusé une partie de la nuit, pendant que sa sœur et ses parents cherchaient Baba dans d'autres directions. Elle avait dix-sept ans et pas de cerveau. Elle pensait que ses parents ne se remettraient jamais d'avoir poussé le petit au suicide. Elle ne s'était pas rendu compte que tout le monde passerait des années à spéculer sur sa disparition, à ne pas supporter de ne pas savoir, et de ne pas avoir eu de corps à enterrer. Elle n'avait pas pensé à ça. Elle n'avait même pas pensé au fait que dès le lendemain, une fois sa disparition signalée, la police organiserait des battues et que la tombe qu'elle avait creusée serait peut-être trouvée facilement. Mais pour ça, elle avait eu de la chance, il s'était mis à neiger dans la nuit et le lendemain il n'y avait plus eu de trace de rien.

Et s'il avait voulu aller à la gare pour rentrer à Paris et qu'un dingue l'avait pris en stop. Et s'il était tombé dans un petit étang qu'on ne connaîtrait pas. Et s'il s'était fait foncer dessus par un sanglier et que son corps était toujours quelque part. Et s'il s'était pris le pied dans un piège et était mort de froid. Toute la famille y était allée de son « et si », et Margot pouvait continuer à mentir par omission mais pas entrer dans le jeu des « et si ». Il gisait à plat ventre sur la terre. Son corps ne portait pas de traces et il n'y avait pas de sang. Mais il n'avait pas de pouls et il avait l'air d'avoir la nuque brisée. Si la chose s'était produite à un autre moment, en plein jour, elle serait retournée à la maison en courant pour prévenir tout le monde. Mais là, elle avait eu peur. Peur que sa mère avale une boîte de tranquillisants, ou que son père se tire une balle avec son fusil de chasse. Elle avait creusé en se souvenant de la façon dont il l'avait fait pour son chien. Pas trop près d'un arbre pour ne pas rencontrer de racines, et à au moins un mètre de profondeur pour éviter que des animaux viennent le déterrer. Elle avait évidemment eu envie de garder quelque chose, ses

Converse bleu marine ou son Barbour, mais elle n'aurait pas pu expliquer où elle les avait pris. Elle avait fouillé les poches du Barbour et trouvé la clé de la porte d'entrée, cette même clé qu'elle venait d'utiliser pour s'introduire dans la maison si longtemps après. Et avant de commencer à remettre la terre sur lui, elle s'était déshabillée dans le froid pour retirer son tee-shirt sous son pull et le poser sur son visage pour qu'il ne soit pas en contact avec la terre. En repartant, la lampe de poche n'avait presque plus de piles, et Margot était remplie de terreur, elle avait dit à Jacques. Peut-être est-ce pour ça que maintenant elle fuit un tas de choses, parce que sans doute que la terreur est toujours là, tapie pas loin, et qu'elle peut revenir à tout moment.

[Interlude]
Icarus LS1, 2

« Donc ouais, c'est très bien d'avoir fait éva-
cuer la colline, mais maintenant les zombies
errent dans le quartier et ils terrorisent tout le
monde. Ils traînent pieds nus sur les trottoirs
et ils sont tellement perchés qu'ils ne peuvent
même plus articuler une phrase, peu importe
dans quelle langue. Ils n'ont plus rien d'humain,
ni langage ni expression faciale ni conscience du
monde qui les entoure, et ils sont prêts à tout
et n'importe quoi. Ils vont jusqu'à défoncer les
hublots dans les laveries avec des marteaux pour
rafler le linge pendant qu'il tourne. Un épicier
s'est fait fracasser le crâne parce qu'il a essayé
d'empêcher un type de voler sa veste qui était
sur sa chaise. Franchement, tant qu'ils étaient
en mode bidonville près du périph, ça allait
encore, mais depuis que la mairie est venue
faire le ménage et qu'elle a seulement déplacé
les familles avec les gosses et qu'elle a laissé les
crackheads, ce campement s'est transformé en
lâcher de misère sur le quartier et... »

Et Jeff serait encore en train de parler de ça si Léo ne s'était pas mis à transpirer avec la sensation qu'il allait tomber dans les pommes, et s'il ne s'était pas levé en disant qu'il devait couver une grippe. Tandis qu'il se dirige vers la bouche de métro, il se doute que Jeff qui est resté assis dans le café le suit du regard à travers la vitre, et il se sent coupable de repartir au bout d'une demi-heure à peine. Mais il est venu parce qu'il croyait qu'ils allaient parler d'autres choses. Discuter un peu de pourquoi les jobs qu'ils viennent de quitter dans la même boîte à quelques mois d'écart ont failli avoir leur peau. Et ensuite évoquer la possibilité de peut-être investir ensemble dans une structure de conseil en matière de prévention du pire de l'intelligence artificielle qui reste à venir. Il n'avait pas imaginé que Jeff allait boucler sur la colline du crack derrière chez lui. Il comprend qu'il soit revenu habiter là pour essayer de retrouver les repères qu'il avait avant de partir pour la Californie, mais il va falloir qu'il bouge avant que ça aggrave son état. À moins que ce soit la dernière fois qu'il voyait Jeff. Peut-être qu'il va bientôt se suicider, c'est possible. Quand on a maigri à ce point et qu'on a un regard tellement brûlant qu'on dirait qu'il y a le feu à l'intérieur, c'est qu'on est dévoré par un truc qui petit à petit prend le dessus. Mais Léo ne peut rien pour lui, il cherche déjà le moyen de ne pas couler lui-même. Et maintenant qu'il longe le couloir pour rejoindre la rame de la ligne 4 qui va le ramener au meublé à Réaumur, maintenant qu'il ne rentre que faute de savoir où d'autre aller, il commence à se rendre compte que même s'il a assez d'argent de côté pour ne pas avoir à travailler pendant un temps, il va peut-être falloir qu'il prenne quand même n'importe quoi en intérim pour arrêter de tourner en rond entre deux allers-retours en Bretagne. La prochaine fois qu'il sera à la résidence, il ira squatter la réception où il n'y a jamais personne jusqu'à ce que quelqu'un se pointe dans ce bâtiment. Il doit y avoir d'autres employés que la femme de ménage qu'il croise de temps en temps. Il doit bien y avoir un moment de la journée où quelqu'un est assis derrière ce comptoir. Il faut qu'on lui explique pourquoi il ne peut louer l'appart qu'une semaine sur deux, pourquoi jamais plusieurs semaines d'affilée ou même au mois. La quasi-totalité de la résidence a l'air inoccupée, ça se voit à l'absence de voitures sur le parking et aux fenêtres qui restent éteintes le soir. Il ne comprend pas non plus pourquoi il n'y a aucune maison à louer là-bas alors que peu de monde a l'air d'y habiter à l'année. Même s'il tombait sur une annonce de maison de dix pièces, il la prendrait rien que pour se poser un temps et pouvoir réfléchir à ce qu'il a envie de faire.

Il ne peut pas rester comme ça, à Paris une semaine sur deux, enfermé à vivre comme un enfant sauvage qui ne fait rien d'autre que regarder la télé, manger des trucs à emporter et s'en foutre d'avoir un sommeil complètement aléatoire. Dès qu'il se retrouve en Bretagne, il se remet à se comporter normalement. Qu'est-ce que Jeff a dit, déjà ? Que même si la mairie n'a déplacé que les familles avec les enfants, au moins les habitants du quartier sont soulagés parce qu'une fois qu'on ne voit plus ces familles, on peut oublier qu'elles existent ? C'est ça qu'il lui faut, ne plus voir certaines choses pour oublier qu'elles existent. Mais ce n'est pas ça qui l'a fait planter Jeff au bout d'une demi-heure. C'est d'entendre le mot « fracasser ». *Un épicier s'est fait fracasser le crâne*. Il sait ce que ça veut dire, c'est ce qu'on lui a fait. Et marcher sur la plage lui fait oublier ça, et ce n'est pas comme si ça pouvait être n'importe quelle plage dans un autre coin où il y aurait plus de choses à louer. Il faut que ce soit celle-là, c'est celle qui l'a aidé après l'agression. Quand il est à Paris, tous les jours il va sur la page de la webcam de cette plage pour regarder le soleil se lever ou se coucher, pendant que la caméra balaye l'étendue de sable et l'océan de gauche à droite et de droite à gauche, inlassablement.

Et maintenant il y a cette fille là-bas. Celle qu'il espérait recroiser et qu'il a passé la semaine à guetter. Il était dégoûté à l'idée qu'elle ait seulement été de passage la fois d'avant, et finalement, il est tombé sur elle à l'épicerie pas loin de la résidence. Elle était dans une allée à lire l'étiquette d'un truc qu'elle tenait à la main, et au lieu de chercher où se trouvait ce qu'il était venu acheter, il a attrapé le premier paquet de chips qu'il a vu pour pouvoir se diriger vers la caisse en même temps qu'elle et se retrouver juste derrière. Il pensait que les quelques secondes que ça lui prendrait pour payer le feraient sortir assez rapidement pour qu'il puisse l'aborder, ou au moins la suivre de loin, mais la caissière a répondu au téléphone, et au lieu d'abandonner les chips, il est resté à attendre, et quand il est enfin ressorti, elle avait disparu. Elle avait dû venir en voiture, elle n'était nulle part sur les trottoirs. Et depuis, il se dit que s'il se retrouvait à se promener avec elle et à discuter, il lui raconterait sûrement l'agression. Peut-être même dans le détail. Tous les détails. Pas pour l'avoir enfin fait au moins une fois avec quelqu'un, mais parce qu'elle comprendrait. Il ne sait pas pourquoi il pense ça mais elle comprendrait ce que ça a changé. Et peut-être même qu'il lui raconterait ça de manière vraiment habitée, un peu comme s'il le revivait. Ils seraient en train de marcher sur la plage à un moment où il n'y aurait pas de vent qui vienne couvrir sa voix, et il dirait quelque chose comme :

Imagine, on est en juin, je viens d'avoir mon master, je suis pris pour un premier job hallucinant qui doit commencer en juillet et, avant ça, il me reste juste une dernière semaine à tirer pour le job alimentaire qui paye mon studio. Je bosse à temps partiel au KFC de la place d'Italie, autant dire à l'autre bout de la ville vu que j'habite à Boulogne. Je fais la fermeture le soir, ce qui implique chaque fois de courir pour choper le dernier métro, mais bon, les heures sup valent la peine. Je prends la 6 jusqu'à Troca et ensuite la 9, sauf que ce soir-là, je sais pas pourquoi, une fois arrivé à Troca, la 9 était fermée. Et tu vois, jusque-là, personne ne m'avait jamais transmis d'angoisses, personne ne m'avait jamais parlé de meurtres ou de kidnappings d'enfants ou d'agression. Ma mère était stressante pour plein de choses mais elle ne vivait pas dans la peur qu'il m'arrive un truc. Et toutes les personnes que j'avais pu croiser pendant l'enfance ou l'adolescence avaient toujours eu une forme de bienveillance, ou du moins une absence de malveillance. Parfois j'entendais parler de choses horribles mais, de loin, genre comme quand en classe on te raconte l'Holocauste et qu'on te décrit les faits, les chiffres, la logistique, les victimes, les responsables, et puis dès que t'entends la sonnerie, tu te précipites dans la cour pour jouer au foot. Enfin jusqu'au voyage scolaire qui t'emmène à Auschwitz. À l'aller, dans le car, personne n'y pense, tout le monde rigole, et puis tu te retrouves dans le camp devant les bâtiments et les photos de montagnes de chaussures, et là tu te mets à transpirer, t'as la bouche sèche, tu finis par devoir t'accroupir pour pas tomber dans les pommes, et t'es hyper surpris parce que c'est la première fois que t'es submergé par une émotion forte. Mais bon, à quinze ans, passer à autre chose est ce qu'on fait de mieux et on oublie vite.

Et donc le boulot que je devais commencer était dingue. Je devais rejoindre un projet en Suisse, une équipe qui travaillait à créer le premier cerveau synthétique avec l'aide de l'intelligence artificielle. Une équipe internationale d'informaticiens, de mathématiciens, de biologistes, de physiciens. Je travaille sur l'intelligence artificielle, c'est ça que je fais, enfin que je faisais. Donc il est une heure du matin et je rentre à pied. Je suis pas inquiet de traverser un quartier que je connais pas, je regarde seulement mon iPhone pour me diriger. Et puis devant une impasse, je vois un type sous un lampadaire qui a l'air de me fixer. Je bosse dans un fast-food, donc j'ai l'habitude que des gens veuillent sans arrêt quelque chose et qu'ils me fixent pour que je vienne vers eux. Donc sans m'en rendre compte, par réflexe, je vais vers le type pour voir ce qu'il veut. Et là j'ai à peine le temps d'enlever mes écouteurs avant de prendre le premier coup. Dans le plexus pour me bloquer la respiration, et le deuxième dans la trachée pour m'empêcher de crier. Même si j'avais pu retrouver un peu de souffle pendant que le mec m'a traîné vers le fond de l'impasse, ça ne m'aurait pas servi longtemps, il m'a attrapé par la nuque pour me précipiter la tête dans le mur. Je suis tombé et j'étais sonné mais à ce stade je pouvais encore respirer. Je voyais le mec qui m'observait tranquillement, je distinguais plus ou moins son visage mais je ne lisais rien dans ses yeux. Ni rage, ni jouissance sadique, ni même un truc concentré. Juste complètement impassible. Un type rasé, en jean avec des Stan Smith et un hoodie. Un type qui devait avoir trente-cinq ans, plus grand que moi et plus musclé mais pas non plus une masse. Un type banal avec une tête de jeune père de famille. Il a attendu que je me relève pour me balancer le coup suivant, et à partir de là ça a été comme ça tout du long. Tant que je bougeais pas, il se contentait de me regarder, et chaque fois que je me redressais, il balançait un autre coup. Des coups précis, rapides, comme quelqu'un qui sait à quel endroit frapper pour obtenir quel dégât. J'ai eu dix-sept fractures au total. La mâchoire, le poignet, l'épaule, le bassin, une vertèbre fissurée, des côtes fêlées de chaque côté. Jusqu'à ce que j'arrive plus du tout à me redresser. Et puis ça s'est arrêté, il est parti. Je pouvais ni bouger, ni appeler à l'aide parce que je m'étouffais à cause du sang qui me coulait dans la gorge. J'avais froid, des douleurs qui m'élançaient de partout et chaque respiration me prenait le peu de force qui me restait. Je savais pas quelle heure il était, mon téléphone avait dû tomber quelque part. Tout ce que j'arrivais à faire, c'était de garder les yeux rivés sur un papier de bonbon dans une plate-bande. J'étais persuadé que si je perdais connaissance, je me réveillerais pas. Plus tard, on m'a dit que si j'avais saigné autant de la bouche, c'était parce que mes incisives inférieures s'étaient plantées dans mon palais.

En fait non, il ne lui raconterait pas ces détails-là. Il dirait juste qu'il s'était fait tabasser salement. Il ne dirait pas non plus qu'il était resté à terre pendant des heures, avant qu'une gardienne multi-immeubles le découvre en venant faire sa tournée de ménage au lever du jour. Il ne dirait pas non plus qu'elle était restée assise par terre à côté de lui à lui tenir la main pendant qu'elle appelait les secours avec son téléphone à elle, et qu'on lui posait des questions qu'elle répétait à Léo, mais comme il ne pouvait pas répondre, il serrait ses doigts dans les siens aussi fort qu'il pouvait pour montrer qu'il était toujours vivant et qu'il fallait qu'il soit secouru. Il zapperait peut-être aussi le réveil à l'hôpital, complètement à l'horizontale sur le dos, intubé, avec un collier cervical, le poignet droit plâtré, l'épaule gauche prise dans un truc en métal qui maintenait son bras à distance du reste de son corps, et deux sangles en travers du torse qui tenaient une grande plaque sous son dos. Allongé là et réveillé, mais sans bouton d'appel pour qu'une infirmière vienne, à revoir des images de l'agression mais aucune de l'arrivée du SAMU, du transport à l'hôpital, du passage en soins intensifs ou des opérations. Sa mère n'avait même pas encore été prévenue depuis quatre jours qu'il était là, il n'avait pas ses papiers sur lui, il avait fallu attendre qu'il se réveille et qu'on le désintube pour qu'il puisse donner le numéro.

En fait il ne raconterait rien sur ces deux mois à l'hôpital. Ni la nourriture par perfusion en attendant que sa mâchoire se remette et que son palais cicatrise, ni la morphine qui lui donnait des nausées, ni les anxiolytiques dont on le gavait qui le faisaient dormir tout le temps ou comater sans jamais vraiment se retrouver dans un réel état d'éveil. Ni la télé éteinte qu'il fixait par moments en songeant que c'était inutile de demander qu'on l'allume vu qu'il n'y aurait personne pour changer les chaînes. Ni la tête de sa mère, la première fois qu'elle était venue, devant son visage qu'il devinait tuméfié comme les contusions violacées qu'il voyait sur ses bras. Il ne lui raconterait pas ça parce que ce serait trop glauque à écouter. Mais il lui décrirait les flics, ça oui, il dirait non mais imagine, les mecs mettent des semaines à venir te voir et quand ils se pointent enfin, ils veulent pas te croire que c'est arrivé de manière complètement gratuite, sans déclencheur ni rien. Ils veulent absolument que tu leur donnes des signes distinctifs, comme s'ils ne pouvaient rechercher que les gens qui ont des cicatrices ou des tatouages en travers du front. Et c'est que dans les films qu'ils s'emmerdent à visionner les caméras du métro pour voir si le type que t'as décrit est passé dans la station avant toi.

Il ne lui raconterait pas non plus l'infection urinaire qui lui avait au moins permis d'échapper à la sonde et aux couches qu'on lui avait mises les premiers jours, et l'infirmière qui avait essayé de le faire rire en disant que c'était comme pour les astronautes. Il ne lui confierait pas combien il était gêné quand il devait lui demander de venir glisser la bassine sous lui. Ni les moments où elle débarquait avec son chariot pour le laver. Elle faisait tout pour le mettre à l'aise, fermait la porte derrière elle, tirait les rideaux, lui demandait à chaque geste si elle lui faisait mal. Elle commençait par le visage, puis le torse, le ventre, le dos, et les parties génitales en dernier, et il la regardait changer de gant selon les endroits du corps, et il ne disait rien. Il savait qu'elle n'avait pas plus envie d'être là à faire ça que lui, et qu'elle s'efforçait de ne pas accentuer son stress d'être retenu dans un hôpital au lieu d'être tranquillement chez lui. Il ne décrirait pas non plus les séances avec l'ergothérapeute et le kiné qui étaient une torture, dont il ressortait en sueur, et desquelles il n'arrivait jamais à se faire dispenser parce que c'est impossible de couper aux soins dans un hôpital. Et il glisserait sans doute aussi sur l'unique visite du psychiatre qui avait essayé de le faire parler, à qui il n'avait rien dit pour ne pas revivre le scepticisme des flics.

Mais il lui raconterait les questions qui tournaient en boucle dans sa tête. Pourquoi lui. Est-ce qu'il y avait quelque chose chez lui qui pouvait donner envie de s'acharner comme ça. Qui était ce type. Est-ce qu'il habitait dans ce quartier. Pourquoi il savait se battre à ce point. Est-ce que c'était un militaire. Est-ce qu'il faisait ça souvent. Est-ce que les flics étaient en train de le chercher. Est-ce que son téléphone était tombé au pied d'un arbuste et s'y trouvait toujours ou est-ce que le type l'avait embarqué. Est-ce qu'il avait craqué le code et était en train de regarder ses photos, ses textos, ses mails. Est-ce que c'était normal qu'il n'ait pas réussi à se défendre. Combien de temps ça allait lui prendre avant d'arriver à accepter qu'il n'avait pas pu porter un seul coup. Et puis quelle probabilité, à l'avenir, que l'école d'où il sortait lui trouve un travail équivalent à celui qui venait de lui passer sous le nez. À la fin de la rééducation, il l'aurait quittée depuis trop longtemps pour qu'on se penche sur son cas, la compétition est tellement rude que les meilleurs jobs sont proposés aux étudiants du moment, pas aux anciens.

Il ne sait pas s'il parlerait de sa mère qui avait pris la liberté de résilier son bail à Boulogne, qui avait rapatrié ses affaires chez elle pour qu'il s'y installe quand il sortirait, qui venait tous les deux jours et qui le saoulait. Elle essayait de le pousser à se projeter dans l'avenir alors qu'il n'arrivait déjà pas à savoir quoi penser dans l'instant. Il avait toujours été attentionné avec elle, serviable, patient, compréhensif, respectueux, mais cette partie de lui-même avait dû rester dans l'impasse. Il avait maintenant du mal à se retenir de se montrer cassant quand elle devenait pénible ou trop intrusive. Elle n'avait pas l'air de comprendre qu'il allait avoir besoin de bien plus de temps que ça pour s'intéresser de nouveau à quoi que ce soit. Au point qu'en obtenant de sortir vingt-quatre heures avant le jour prévu, il ne l'avait même pas prévenue.

Il ne sait pas s'il raconterait la sortie, quand il s'était retrouvé dans la rue, à l'air libre pour la première fois depuis longtemps, avec la tête qui lui tournait d'être debout, et qu'il s'était senti si faible qu'il avait dû commencer par s'asseoir sur un banc devant l'hôpital. Il aurait donné n'importe quoi pour rentrer chez lui mais il n'avait plus de chez-lui. Il portait un tee-shirt et un jean propres que sa mère avait apportés au début, mais il y avait des traces de sang sur ses baskets. Il portait aussi un autre blouson. Celui de ce soir-là était en boule dans un sac en plastique avec le reste de ses vêtements que l'hôpital n'avait pas lavés. On avait simplement mis ça dans ce sac qui était resté dans le placard de la chambre pendant les deux mois et, assis sur le banc, il avait sorti le contenu pour regarder le sang foncé qui maculait chaque chose, avant de jeter le tout dans la première poubelle qu'il trouverait. Et puis en faisant les poches du blouson, il avait été surpris de sentir une petite masse dans la doublure et de découvrir sa carte bleue qui avait dû y glisser quand sa poche intérieure s'était déchirée. Ça l'avait rassuré de retrouver au moins une chose d'avant qu'il n'avait pas besoin de jeter. Puis ça l'avait sidéré qu'à l'hôpital, à son arrivée, on n'ait même pas fouillé son blouson correctement pour trouver son identité. Et ça l'avait aussi mis mal à l'aise de se rendre compte que sa mère n'avait même pas pensé à demander ce qu'étaient devenus ses vêtements, elle n'avait tout simplement jamais ouvert la porte du placard de la chambre de l'hôpital.

Il ne raconterait pas non plus qu'en commençant à avancer sur le trottoir, il se sentait si faible, si vulnérable qu'il marchait lentement, d'un pas hésitant, en évitant chaque passant pour ne pas se faire bousculer et que ça lui déclenche une onde de douleur. Mais il lui raconterait tout le reste à partir de là. Parce que c'est ce qui a suivi qu'il trouve important. Il décrirait comment il avait pris le métro jusqu'à Montparnasse et, une fois dans la gare, il avait levé les yeux vers le panneau des départs et cherché si un train allait vers la mer. Dans sa tête, Quimper voulait dire la côte mais, une fois là-bas, il avait appris qu'il en était à vingt kilomètres et avait dû prendre un taxi. Pour lui, aller jusqu'à une plage voulait dire longer l'océan en silence. Il ne s'attendait pas au vent, au fracas des vagues et à l'air marin qui lui pomperait rapidement le peu d'énergie qu'il avait. Au lieu de marcher, il avait dû se contenter de s'asseoir sur le sable. Il n'y avait que lui et une femme beaucoup plus loin avec un chien. Il savait qu'il avait fait une connerie en prenant le train, qu'il risquait de se trouver mal à tout moment, mais il voulait se réappartenir. Ne pas devoir écouter dès maintenant les conseils quotidiens de sa mère. Il voulait être libéré du système hospitalier et du système parental. Seul dans son coin comme les animaux blessés qui s'isolent pour lécher leurs plaies. Il voulait ça depuis le jour où il s'était réveillé à l'hôpital. Il s'était demandé s'il pourrait rester là quelques jours, trouver un hôtel, mais il était à pied et sans téléphone. Sa mère ne lui en avait pas apporté un à l'hôpital, il n'avait pas eu envie d'être bombardé d'appels ou de textos de ses potes qui voulaient de ses nouvelles. Et il était un peu inquiet à l'idée de faire un malaise dans une chambre d'hôtel à cinq cents kilomètres de Paris. Alors il avait interpellé la femme avec le chien quand elle était passée devant lui, il lui avait demandé si elle savait où il pouvait trouver une station de taxis, et il devait vraiment faire peine à voir parce qu'elle lui avait dit de l'attendre là et était revenue avec sa voiture pour le reconduire jusqu'à Quimper. Et quand il avait sonné chez sa mère, elle avait eu l'air d'être sur le point de lui passer le plus gros savon de sa vie, mais finalement elle s'était abstenue tant il devait être pâle.

Il ne raconterait sans doute pas qu'il s'était engueulé avec elle dès le lendemain parce qu'elle avait déjà trouvé le moyen de répéter quinze fois « comment tu te sens », qu'elle avait levé les yeux au ciel en entendant qu'il ne voulait pas prendre les antidouleurs qu'on lui avait prescrits pour ne pas risquer de tomber accro, et qu'elle l'avait traité de gamin capricieux parce qu'il ne voulait pas retourner à l'hôpital pour la rééducation et préférait s'inscrire dans une salle de sport du quartier pour continuer seul les exercices qu'il avait commencé à faire avec l'ergo et le kiné. Sa mère était à la fois dans le trop et le pas assez.

Comme si par moments elle oubliait ce qui lui était arrivé. Il avait été couvert de contusions et d'hématomes mais tout s'était résorbé, il ne restait que les chocs internes et les plaques de métal dans sa mâchoire qui n'étaient pas visibles. Il avait toujours sa tête juvénile, innocente malgré sa colère en dedans. Il n'avait pas de stigmates, et en même temps qu'il en était reconnaissant, ça le rendait furieux que ce qui se passait en lui ne se voie pas.

Il s'était mis à tourner en rond dans sa chambre, à claquer les portes sans arrêt quand sa mère était là, à avoir des accès de rage. Il avait balancé un de ses deux ordinateurs contre le mur. Il avait des insomnies, des réveils en sursaut, des attaques de panique qui lui déclenchaient des vertiges, des montées d'angoisse qui le laissaient tétanisé pendant des heures. Il avait des états d'hypervigilance, aussi bien chez sa mère que dehors, et des déclencheurs qui faisaient remonter des sensations de l'agression. Les Stan Smith blanches en étaient un. La seule chose qui parvenait à le calmer était qu'on le contienne en le serrant dans les bras, fort, comme pour empêcher son corps de se désagréger. Le nouveau petit ami de sa mère avait fait ça deux fois et ça avait marché, mais le type ne venait pas souvent. Il était écœuré que les flics n'aient pas enquêté. Au début, il se rendait au commissariat une fois par mois, jusqu'à ce qu'ils commencent à ne plus cacher leur agacement de le voir débarquer avec les mêmes questions, et plutôt que de se mettre dans la merde en leur gueulant dessus, il avait cessé d'y aller. Par moments, il passait la nuit entière à lire les infos sur internet, à éplucher les faits divers, à taper des mots-clés pour voir si des gens avaient signalé des agressions similaires, à lire des blogs, à écumer Facebook et Twitter. Il n'était pas tenté de se mettre à prendre des cours d'autodéfense, il savait désormais qu'il suffit de taper dans le plexus et la trachée pour se débarrasser de quelqu'un. De toute façon il n'aurait pas pu s'inscrire à quoi que ce soit, ça consiste à prendre des coups sans arrêt et les douleurs n'auraient pas été tenables. Sa mère lui avait racheté le dernier iPhone, mais au lieu de s'en réjouir, souvent quand il le regardait, il revoyait le visage du type et devait chasser l'idée qu'il avait peut-être pris son ancien téléphone et avait accès à tout son contenu. Parfois, il avait envie de retourner dans l'impasse en plein jour pour la démystifier. Ou d'y aller à la même heure pour voir si le type avait pour habitude d'y traîner. Mais la plupart du temps il se disait que revoir l'endroit risquerait de faire remonter Dieu sait quoi d'autre et qu'il avait déjà assez à gérer avec ce qui le traversait.

Et puis petit à petit, il avait commencé à se relever un peu de tout ça. Il s'était réinscrit à son école pour se remettre à niveau, il suivait les cours sur internet et s'était remis à voir ses amis. Et tant qu'il était sur son ordinateur à travailler, tout allait bien, mais dès qu'il sortait, il ne supportait rien. Quand il était dans une pièce avec d'autres gens, il ne voulait pas être le centre de l'attention. Il ne voulait pas qu'on le regarde avec compassion, qu'on lui parle avec précaution. Il ne voulait pas être cette personne qui avait subi ça. Il voulait se réinventer, devenir quelqu'un qu'on ne puisse jamais imaginer en victime. Son moteur intérieur avait changé. Il s'était mis à devenir imprévisible, ironique, cynique, et pour finir complètement nihiliste. Il défiait les gens en permanence, les regardait droit dans les yeux quand ils lui parlaient, attendait les remarques ou les conseils de chacun pour ensuite détruire leurs croyances. Il leur assenait que la vie n'avait pas de sens réel, pas de logique, pas de rapport de cause à effet, que ça ne servait à rien de tout faire bien, de travailler dur, d'être poli ou gentil, que tout était arbitraire, absurde et gratuit. Plus il rencontrait de gens, plus il attendait qu'ils le déçoivent et ça ne ratait pas. Et avec les filles il était odieux, il ne s'attachait plus à aucune, débarquait juste pour les baiser puis, une fois qu'il avait éjaculé, il devenait indifférent et repartait en se sentant vide, inhabité.

Il ne lui raconterait peut-être pas ça, mais il lui parlerait sûrement de sa phase à regarder des films d'horreur qui l'avait aidé à canaliser les choses. Sauf quand il y avait des scènes où on casse des os, ça, il ne pouvait pas, le bruit le mettait en vrac. Mais sinon, ça remplissait bien sa fonction d'appuyer sur tous les boutons. Anxiété, adrénaline, hypervigilance et puis, juste après, apaisement, soulagement. Peut-être est-ce

150

la même chose que les gens qui regardent des pornos pour enchaîner excitation, plaisir et relâchement avant de passer à autre chose. Les films qu'il regardait étaient toujours construits pareil. Que ce soit avec des esprits maléfiques, des catastrophes apocalyptiques, des zombies, des aliens ou des expériences scientifiques foireuses, c'était toujours le même procédé. Suspense et *jump scare* aux mêmes endroits, et les personnages qui se faisaient buter ne provoquaient pas de consternation ou d'empathie parce que c'était toujours la pom-pom girl stupide dont on n'avait rien à faire ou le macho de service. Les autres, les plus intelligents ou les plus sympas, les seuls auxquels on pouvait s'identifier, ça finissait toujours bien pour eux. En l'espace d'une heure et demie, il pouvait laisser son anxiété remonter, son instinct de survie se développer à son maximum pendant qu'il espérait que tel personnage s'en sorte, et le soulagement à la fin venait du fait que rien de ce qui se passait dans le scénario ne pourrait arriver pour de bon tant c'était irréaliste ou surnaturel. Le côté gore de ces films, les blessures atroces, tout ça, il n'y prêtait pas attention, ça ne lui faisait ni chaud ni froid de voir autant de faux sang après avoir failli s'étouffer avec le sien.

Et puis plus tard encore, il y a eu les deux choses qu'il a dû finir par se dire pour parvenir à laisser cette nuit-là derrière lui. La première : que tant qu'il continuerait à voir ce type comme un monstre sadique qui lui avait voulu du mal, il ne pourrait pas s'en débarrasser. Ce type n'en avait pas après lui, ça aurait pu tomber sur n'importe qui, c'était un déséquilibré, c'est tout. Il n'avait pas traité Léo comme un être humain et il fallait que Léo le déshumanise à son tour, qu'il le désincarne, qu'il se dise qu'il avait plus été victime de quelque chose comme un déchaînement d'éléments que d'une personne responsable. Le questionnement incessant avait failli le rendre fou et, une fois qu'il avait intégré le fait que les flics n'allaient pas le retrouver, qu'il ne connaîtrait jamais son identité et ne saurait jamais pourquoi c'était arrivé, il ne fallait pas qu'il y consacre une seconde de plus. Et la deuxième chose était d'arrêter de nourrir sa souffrance, d'arrêter de rester focalisé dessus pour avoir de nouveau l'espace mental de s'intéresser aux autres. Pour être de nouveau capable de ressentir de la considération, de l'intérêt, de l'empathie. Avec le temps, il avait fini par cesser de voir les personnes de son entourage comme des abrutis incapables de l'aider. Elles étaient ce qu'elles étaient, faisaient ce qu'elles pouvaient avec ce qu'elles avaient, et même si ce n'était pas assez ou pas comme il aurait voulu, ce n'était pas rien.

Pourtant, malgré ces efforts, sept ans plus tard, le problème n'a toujours pas disparu. La vraie conséquence de tout ça, c'est la façon dont cette force bizarre est venue abîmer les repères qui l'avaient porté jusque-là. Sa certitude que tout était interconnecté dans la vie, qu'une énergie globale reliait tout le monde, que les signes qu'on avait l'impression de voir ici ou là étaient réels, qu'il n'y avait jamais de hasard. De la même manière que tout est lié ailleurs, aussi bien dans la nature que dans l'espace ou à l'intérieur du corps humain, pour lui, tout était aussi lié dans la vie de tous les jours, entre les gens, les choses, les situations. C'était son moteur depuis toujours, et il l'a perdu. Il s'efforce de continuer à y croire, il se le dit intellectuellement, mais la sensation instinctive qu'il en avait a disparu, il ne la ressent plus. Peut-être est-ce le même genre de désarroi qu'ont les croyants quand ils perdent la foi. Il se sent toujours seul maintenant. Enfin c'était le cas jusqu'à il y a peu. Jusqu'à ce qu'il voie cette fille sur la plage. Depuis, il a le sentiment d'avoir trouvé l'unique personne qui pourrait le comprendre et qu'il pourrait aussi comprendre. Il ne saurait pas l'expliquer, mais il a l'impression de savoir qui elle est, comment elle pense et pourquoi. L'impression qu'il vient de trouver ce qu'il cherchait depuis tout ce temps sans même le savoir. Et le fait que ça ait lieu ici, à cet endroit où il est venu se réfugier au pire moment de sa vie et où il revient à nouveau depuis qu'il est de retour en France, c'est tout de même une sorte de signe.

TROISIÈME PARTIE

Survival kit d'hiver
près d'une plage de la mer Celtique
à l'autre bout du continent

Elle rassemble tout sur le plateau puis se hâte
de sortir de la cuisine pour retourner au chaud
dans le salon. Elle a rapproché le canapé autant
qu'elle le pouvait de la cheminée, et c'est comme
ça qu'elle vit en ce moment, avec le radiateur à
bain d'huile qui tourne en permanence au mini-
mum, le feu qui crépite toute la journée et les
braises qu'elle recouvre de cendres au moment
de se coucher. Continuer de refuser d'utiliser
le chauffage au fioul veut dire que la maison
entière est gelée et qu'à chaque fois qu'elle va
dans la cuisine, ou dans la salle de bains, ou
aux toilettes, elle y reste le moins longtemps
possible, mais ça lui va. Elle étale le beurre sur
un des côtés des deux tranches de pain, râpe le
fromage, écrase deux autres tranches par-dessus
qu'elle beurre aussi, puis elle retourne à nouveau à la cuisine mettre la poêle sur le feu. Ses
yeux se posent sur la porte du réfrigérateur sur
lequel pour l'instant elle n'a remis aucune photo
comme à Paris. Si elle le faisait et qu'elle laissait
de côté celles de Jean, est-ce que ne pas l'avoir

sous les yeux lui éviterait de penser à lui, ou est-ce qu'au contraire ça ferait ressortir le problème ? Même la fois où il l'avait emmenée en Italie, au tout début, quand ils venaient juste de se rencontrer et qu'ils n'étaient pas encore devenus trop potes pour pouvoir coucher ensemble, ça ne lui avait pas traversé l'esprit. Elle fait glisser les sandwichs de la poêle à l'assiette, éteint le gaz, met la poêle dans l'évier et retourne dans le canapé. Elle aurait dû repenser à ça avant de faire la connerie de lui dire qu'elle voulait bien être avec lui. Elle aurait vraiment dû se rappeler que même quand toutes les conditions avaient été réunies pour en tomber amoureuse, ça ne s'était pas produit. Il l'avait emmenée à Ischia pour retrouver les rêves perdus de Visconti, d'Helmut Berger et de La Callas, comme il disait. L'hôtel était un ancien couvent perché sur un rocher relié à l'île principale par un pont. Les fenêtres de la chambre donnaient sur le bleu dur de la Méditerranée à perte de vue, et la hauteur à laquelle ils se trouvaient faisait se sentir suspendu au-dessus du vide. Pendant ces quatre jours, ils n'étaient pas sortis de la chambre, ils avaient joué sur deux grosses Gibson acoustiques de 51 et de 56 qu'ils avaient miraculeusement trouvées sur un marché pour rien du tout. Ils avaient revisité tous les classiques de blues qu'ils connaissaient et le temps s'était écoulé dans une sorte de transe, vautrés dans le désordre des draps ou assis à même le sol en terre cuite. Ils jouaient jusqu'à avoir les doigts en sang, et quand tard dans la nuit ils finissaient par capituler et se laisser retomber sur les coussins par terre ou sur le lit, encerclés par la mer devenue argentée sous la lune, pas une fois elle n'avait pensé au sexe. Le lieu et l'atmosphère s'y prêtaient tellement que si ça avait été n'importe qui d'autre, ils auraient baisé en permanence au lieu de jouer de la guitare. Il était beau pourtant, et à l'époque elle couchait avec plus ou moins n'importe qui, mais elle le voyait déjà comme un frère. Jean est comme les dandys, grand, maigre, trop élégant, trop respectueux, parfait pour de l'amitié mais pas pour la faire crier, et c'est ce qui s'est passé l'année dernière, elle ne criait pas, elle faisait juste semblant pour ne pas le blesser. Elle n'aurait jamais dû se retrouver avec lui par peur de perdre son amitié. Mais peut-être que finalement, il n'y a que pour elle que cette amitié fonctionnait. En plus de le frustrer sur le plan amoureux, elle le frustrait aussi sur le plan musical. Il voulait monter un groupe avec elle, ou même juste un duo. Il voulait qu'elle soit au chant, derrière un clavier ou à la guitare comme lui, peu importe, mais il rêvait de faire du punk rock avec elle et il voulait qu'elle chante. Alors qu'elle, elle n'a jamais voulu chanter ni être sur le devant, ni avec lui ni avec personne, elle voulait simplement créer à deux et seulement des instrumentaux.

Qu'est-ce que ça changerait à ses journées ici si Jean se remettait à lui parler ? Est-ce qu'elle retomberait dans des échanges fiévreux, compulsifs, à envoyer des MP3 et des liens du matin au soir, ou est-ce que ce serait plus tempéré, plus espacé comme ça l'est devenu avec Margot et Jacques ? Au début, elle a eu du mal à s'adapter au temps que ça leur prenait pour la rappeler quand elle laissait un message, et puis elle a pris conscience de la différence de disponibilité et de rythme. À chaque fois qu'elle appelait l'un des deux, il y avait toujours du bruit derrière eux, alors qu'elle, elle était dans le silence, et elle n'était jamais occupée alors qu'eux l'étaient toujours. Elle a fini par comprendre que de leur côté, le temps ne s'écoulait pas de la même façon. Si elle leur laissait un message ou qu'elle leur envoyait un mail, elle était dans l'attente d'une réponse à une action qui était déjà passée pour elle, alors que pour eux, tant qu'ils n'avaient pas écouté le message ou lu le mail, elle restait à venir. Alors maintenant elle ne laisse plus de message, elle attend de tomber sur eux, même pour dire un truc qui va durer trois minutes, ce qui leur va toujours vu qu'à Paris on n'a le temps que pour des trucs de trois minutes.

Elle ne se sent pas seule, ici, et elle ne l'est pas. Elle est entourée de tous les génies imaginables à chaque seconde. Il lui suffit de mettre n'importe quel disque, de plonger dans n'importe quel film, d'ouvrir n'importe quel livre. Elle parle à ses fantômes en permanence. Elle leur parle à haute voix dans la maison ou dans sa tête quand elle est dehors. Elle parle à Miles, à Monk, à Stravinski, à Francis Bacon, à Bowie, à Lou Reed, à tous ceux qui lui manquent. Elle leur parle de leur musique, de la sienne, de celle qu'il faut qu'elle démarre ici, et quand bien même ces monologues à sens unique la feraient se sentir seule, l'unique défi qu'on a, quand on est seul, c'est celui qu'on se donne à soi-même, n'est-ce pas ? La reconnaissance d'autrui devient secondaire. Mais est-ce que l'émulation est aussi secondaire ? À Paris, sa marginalité aussi bien intellectuelle que physique se fondait dans le décor et elle faisait partie d'un tout, même factice, alors qu'ici, il n'y a de connivence avec personne. Si elle va se promener dans un jean un peu déchiré aux genoux, on la regarde de travers comme si elle avait de nouveau seize ans. Il n'y a rien ici, rien d'autre que ce qui se passe en dedans.

*
* *

Parfois, quand elle est sur le point de s'endormir dans ce salon vide avec la petite lampe qui éclaire faiblement le sol dans un coin, et les braises qui rougeoient encore un peu dans la cheminée, elle se redresse sur les coudes quelques secondes pour embrasser la pièce du regard et elle prend conscience d'être ici, et ça lui semble tellement normal. Non pas qu'elle en ait presque oublié la vie d'avant, mais il n'y a rien d'incongru, c'est complètement naturel.

Allongée là, elle pense à la fille qui lui écrit depuis quelques jours sur Instagram. Une Norvégienne qui l'a vue jouer à un festival d'électro, qui dit avoir plusieurs de ses disques, qui habite Londres, qui lui écrit en anglais, qui n'a que vingt-neuf ans, qui est particulièrement jolie sur les photos qu'elle poste mais qui n'a pas de charme, et ça lui rappelle une vieille conversation avec Jacques d'il y a vingt ans. Quand ils avaient eu une phase mannequins en même temps, et que Jacques racontait que les types qu'il ramenait se plaignaient tous de leur visage, qu'ils se sentaient comme des aliens qu'on ne pouvait jamais s'empêcher de fixer quand ils arrivaient quelque part, alors qu'eux, en poussant la porte d'un restau, ils se voyaient juste comme les jeunes peintres ou poètes aspirants qu'ils étaient, et être des objets de désir permanent leur donnait envie de se défigurer à l'acide. Alex entendait plus ou moins la même chose venant des filles avec qui elle traînait, et Jacques et elle levaient les yeux au ciel tellement c'était grotesque de chercher à devenir mannequin si on ne veut pas se faire remarquer. Et quand elle et Jacques parlaient de sexe, ils tombaient d'accord qu'il n'y avait rien de plus qu'avec des gens simplement mignons, à moins d'être du genre à se regarder être avec l'autre pour mémoriser des pauses et se les repasser plus tard, et que si la personne n'avait pas de charme, rien ne faisait en tomber amoureux.

La beauté sidère quand elle est époustouflante, mais il y a aussi des visages sublimes qui peuvent devenir hideux, comme cette fille qui s'appelait Victoire avec qui elle a eu une courte histoire et qui ressemblait à Jacqueline Bisset à trente ans. Elle dînait à une table voisine dans un restau où tout était éclairé à la bougie et Alex la regardait de temps en temps en se disant, merde, elle est vraiment belle, et puis tout à coup, la fille s'était mise à rire de quelque chose et ça avait duré quelques secondes de trop, un bref instant pendant lequel sa bouche s'était figée dans un rictus carnassier et ses joues s'étaient creusées comme une tête de mort et, l'espace de cet instant, elle était devenue laide. Ce qui n'avait pas dissuadé Alex de rentrer avec elle en la recroisant ailleurs par la suite, et cette Victoire était vraiment d'une beauté sidérante, mais quand elles s'engueulaient et qu'elle se mettait à crier, ses traits se déformaient de manière hideuse et ça faisait l'effet d'une sorte de dissociation maléfique. Si la relation n'est pas heureuse, cette beauté qui est comme une entité à part devient une anomalie quand le reste merde autour.

*
* *

Les plages sont des cimetières. Les coquillages sont des cadavres, ou des enveloppes de cadavres de mollusques morts dans l'eau. Les plantes s'autodégradent et les insectes morts sont mangés par plus gros qu'eux, mais les coquillages ne disparaissent jamais, pourquoi ? Chaque fois qu'elle va à la plage n° 2 qui en est couverte, ça lui fait bizarre de les piétiner. La plage et l'océan, toujours là, quels que soient les humeurs ou les états d'âme. Un peu différents chaque fois, jamais exactement pareils. L'eau qui change de couleur selon la lumière et les nuages qui passent. Tour à tour bleue ou grise, mais chaque fois d'une nuance différente. L'anse de la côte, sur la droite, visible ou dans le brouillard selon le temps. La mer Celtique d'un côté, le golfe de Gascogne de l'autre. Et en face, quoi ? Terre-Neuve, la Nouvelle-Écosse, New York ? S'il lui restait quelques heures à vivre, elle viendrait sûrement s'asseoir sur un des bancs du chemin côtier face à la mer. Le bruit du ressac a quelque chose d'hypnotique, d'apaisant. Il y aurait quelque chose de rassurant à s'éteindre là, face à cette immensité immuable, cette permanence. Même si elle avait une douleur terrible quelque part, elle s'y traînerait, elle se sentirait protégée au milieu de cette beauté, seule sur un banc à l'autre bout du continent. La beauté est faite pour les gens qui ont le temps de l'absorber.

Il y a quelques voisins finalement, elle entend des portières claquer de temps en temps, mais elle ne les a toujours pas vus, elle n'est jamais dans la rue en même temps qu'eux. Parfois elle pense au type avec le flingue dans la maison plus loin. Elle passe souvent devant mais la voiture n'est plus là et les volets sont fermés. Elle préfère imaginer qu'il a déménagé plutôt que de se dire qu'il a fini par se mettre une balle dans la tête. Elle se demande si elle aurait entendu le coup de feu. En pressant la détente sans réfléchir, elle a raté une occasion de vivre la chose la plus intense de sa vie. Elle est passée à côté du moment, elle aurait dû le savourer pleinement. Savoir ce que ça fait vraiment d'être peut-être sur le point de mourir. Il lui arrive aussi de penser à Ritchie et de se demander si cette fille est toujours vivante ou si elle a fini par mourir d'une overdose. Et elle continue de se demander ce qu'est devenu son foutu passeport. Quand elle est retournée à New York, elle n'a pas cherché à retrouver le squat ni le café dans Chinatown, elle se doutait bien que Ritchie n'y serait pas après toutes ces années. Il lui arrive de taper des mots-clés dans Google comme *Ritchie, junkie, New York, nineties*, mais évidemment rien ne sort. Il lui arrive aussi encore de se demander si sans cette rencontre, plus tard elle se serait quand même mise à prendre de l'héro et à aller avec des filles.

À Paris, aux mecs qui ne lui plaisaient pas, elle a toujours dit qu'elle était lesbienne pour avoir la paix, et aux filles qui ne l'attiraient pas non plus, qu'elle était hétéro. Mais elle n'en sait rien, finalement. Elle ne sait plus, et elle n'a pas besoin de savoir, contrairement à nombre de gens maintenant qui veulent tellement qu'on sache ce qu'ils sont qu'ils ajoutent des sous-catégories à l'intérieur d'autres sous-catégories au cas où ce ne serait pas assez précis. Ces étiquettes finissent par devenir tellement vagues qu'on ne comprend plus rien. Les rares fois où elle jette un œil à des annonces sur Tinder ou sur OkCupid, si l'étiquette sexuelle qui est cochée fait partie de ces trucs trop compliqués pour elle, elle zappe parce que la personne lui prendrait sûrement la tête de ne pas avoir besoin d'en avoir une. De toute façon, à partir de quarante ou quarante-cinq ans, ça n'existe plus trop de tomber sur des gens pour lesquels on va avoir du désir tout en partageant des goûts, des objectifs et une même façon de voir la vie. C'est comme quand on cherche un appart, on se dit qu'on veut à la fois la baignoire, la terrasse et le chauffage collectif, et en cours de route on est obligé de renoncer à certains critères, et elle ne comprend pas le compromis en amour, alors elle préfère être seule.

Un tas de gens se retrouvent dans des histoires improbables parce qu'ils rencontrent l'autre à un moment particulier, un moment à part qui rapproche, ils se connectent autour d'un sujet, se réconfortent ou s'encouragent et ne se quittent plus, et il y a un milliard de choses qu'ils n'ont pas en commun mais ils ne s'en rendront compte qu'après, une fois qu'ils auront emménagé sous le même toit et que ce sera trop tard pour se séparer parce qu'ils se seront déjà attachés. Et parfois c'est mieux que rien. Non pas de se tromper mais de se sentir habité par quelque chose. Mais maintenant elle s'est fait une raison, il n'y a probablement pas d'autres artistes qui vivent ici et seuls avec le même espoir qu'elle de rencontrer quelqu'un, sinon ils sortiraient de chez eux et elle tomberait dessus. Et encore moins des filles. Qu'est-ce qu'elle s'imaginait, qu'elle allait en croiser une comme elle qui voudrait la même chose et qui se baladerait au même endroit au même moment ? Elle a toujours pensé qu'elle avait envie d'être avec quelqu'un qui lui ressemble, mais en fait non. Elle ne croit plus à cette complicité-là. Deux artistes ensemble, ce n'est rien de plus qu'une lutte de pouvoir pour avoir la possibilité d'exister, ou plutôt l'espace pour continuer à exister tel qu'on était avant la rencontre, au lieu d'avoir à se plier à ce que l'autre voudrait qu'on soit. Qu'est-ce qu'elle aimerait, là, si elle pouvait choisir. Quelqu'un de cinglé qui lui mette la tête à l'envers, ou quelqu'un d'équilibré avec qui avoir des conversations nourrissantes devant la cheminée ? Putain, non, ni l'un ni l'autre, elle veut juste la paix.

Et elle voudrait surtout comprendre ce que c'est que cette histoire de Covid, dont on a commencé à parler un peu il y a quelques semaines et qui du jour au lendemain vient de se mettre à ouvrir tous les JT et les unes des sites d'actu. Il est question de services de réanimation pris d'assaut, de gens sous respirateurs, de malades qui se retrouvent en phase terminale en quelques jours, de familles à qui on interdit de venir au chevet de leurs proches mourants, d'enterrements qui ne peuvent avoir lieu qu'en petit comité. On parle de faire le choix de ne soigner que les personnes qui peuvent être sauvées, de laisser mourir les autres. On demande à tout le monde d'observer une distanciation physique d'au moins un mètre. Elle ne le voit pas au Super U, parce qu'il n'y a presque personne dans les magasins, les gens ne sortent quasiment plus de chez eux, mais Margot et Jacques lui racontent qu'à Paris c'est comme ça partout, ils doivent se tenir espacés dans les queues aux caisses des magasins, et à certains endroits, c'est directement sur le trottoir qu'ils patientent avant de pouvoir entrer un par un. Il faut tousser dans son coude, utiliser des mouchoirs à usage unique, porter un masque si on a la chance d'en trouver, et maintenant que les stocks des pharmacies ont été dévalisés et qu'il n'y en a plus non plus sur internet ni dans les magasins de bricolage, les gens commencent à les fabriquer eux-mêmes.

Chaque fois qu'elle va en ville, elle en voit des stands partout, aussi bien sur les trottoirs que dans n'importe quel magasin. Des masques réutilisables en tissu, lavables, faits à la main, blancs ou en couleur, unis ou avec des motifs. Tout le monde fabrique et vend des masques. Pareil pour le gel hydroalcoolique à utiliser pour se désinfecter les mains à chaque fois qu'on touche quelque chose. Il n'en reste plus nulle part, si bien que les pharmacies fabriquent leurs propres gels. Le chauffeur de taxi qui la conduisait chez Leclerc depuis l'automne est devenu fou avec ça.

La dernière fois qu'il l'a emmenée faire des courses, au retour, à peine elle était descendue de la voiture qu'il est sorti avec son gel et sa boîte de Kleenex pour essuyer toutes les surfaces qu'elle avait pu toucher. Ce con lui a collé une telle parano qu'avant de ranger ses courses dans la cuisine, elle a d'abord passé une éponge humide sur tout ce qu'elle venait d'acheter pour en retirer les éventuelles traces de Covid. Tout le monde a lu les papiers qui listent les surfaces sur lesquelles le virus survit et combien de temps.

La seule bonne nouvelle est que Leclerc s'est mis à livrer et qu'elle n'a plus besoin d'appeler ce taxi. Mais au Super U où elle continue d'aller pour les produits frais, maintenant il y a une file où prendre le Caddie en arrivant et une autre où le laisser en repartant. Pareil pour les paniers, un emplacement pour ceux dont la poignée a été nettoyée et un autre pour ceux en attente. Et du jour au lendemain, les magasins ont modifié leurs horaires pour ne plus ouvrir qu'à temps partiel, et toutes les caisses se sont retrouvées équipées d'une vitre en Plexi pour que les clients ne contaminent pas les caissières. Régler en liquide est devenu interdit, les paiements par carte commencent désormais dès un euro et ils sont sans contact pour que personne ne touche plus rien. Et tout ça semble déjà si installé, en si peu de temps, que c'est presque comme si le monde d'avant avait disparu.

Et puis elle vient de recevoir un mail de Jean par erreur qui rend la chose encore plus irréelle.

Un mail adressé à son voisin de palier à Berlin, un musicien italien qui est devenu un de ses amis. Un mail dans lequel il lui dit qu'il a l'impression d'avoir attrapé le Covid et qu'il ne faut surtout pas qu'il vienne frapper chez lui tant qu'il ne sera pas guéri. Un mail qu'il a envoyé par erreur à Alex parce que le type s'appelle Ale. Un mail où il donne les coordonnées de ses parents et où il raconte qu'il a rangé son appart entièrement au cas où il devrait partir à l'hôpital et ne pas en revenir. Un mail où il dit qu'il est prêt au cas où, qu'il n'a pas peur, qu'il est heureux d'avoir été son ami et qu'il lui lègue toutes ses affaires et ses instruments. Et évidemment Alex a appelé immédiatement et Jean n'a pas décroché, et pour l'instant il ne rappelle pas.

Pendant ce temps à Paris
(suite)

Quand Jacques ouvre les yeux dans son lit, il fait déjà jour dans la chambre et son premier réflexe est de se tourner vers la table de chevet pour regarder l'heure sur son téléphone. Mais la sensation de déchirure dans son ventre lui arrache aussitôt un gémissement de douleur. Il reste sans bouger, à fixer la boîte de Lamaline sur la table, en se souvenant qu'hier soir, en revenant de l'hôpital, quand il en a pris deux, il a eu la nausée pendant des heures. Il faut au moins qu'il se lève pour aller aux toilettes, mais il ne peut ni se redresser de face, ni le faire de côté en repliant ses genoux contre sa poitrine. En plus d'avoir mal aux trois endroits où on l'a ouvert, à l'intérieur, le mouvement le plus infime lui déclenche un élancement qui met ensuite plusieurs secondes à s'estomper, même une fois qu'il ne bouge plus d'un millimètre. S'il reste complètement immobile, il ne sent rien. Il faut donc simplement qu'il trouve l'énergie d'encaisser la douleur en se levant, et une fois qu'il se sera recouché, il se rendormira jusqu'à ce qu'il ait moins mal.

Il a bien fait de ne pas se faire opérer dans la Drôme comme il le voulait pour ensuite se reposer dans la maison. Il serait bien emmerdé, dans la chambre, à l'étage, de devoir descendre l'escalier trop raide pour se rendre aux toilettes ou dans la cuisine. Tout à coup, il se rend compte qu'il ne va pas pouvoir finir ses vieux jours dans cette maison. En plus de ne plus pouvoir grimper l'escalier, il sera trop isolé. La gare est à une heure de route, la première ville de taille moyenne où trouver un médecin, à une heure et demie, la première grande ville avec un bon hôpital, à deux heures. Sans compter que plus on vieillit, plus l'entourage vieillit aussi, moins les gens se déplacent facilement, et il se retrouverait seul presque tout le temps. Comment a-t-il pu imaginer qu'avec l'âge il ne finirait pas par en avoir assez des schémas habituels. Sa maison est si difficile d'accès que personne ne vient jamais pour le week-end, les gens restent toujours au moins une semaine. Le premier soir, ils parlent d'art, le deuxième, de leur boulot et de leur vie sexuelle, le troisième, de leur peur de mourir, et le reste de la semaine ils se bourrent la gueule tellement ils sont gênés de s'être mis à poil. Non, jamais il ne va supporter ce cirque jusqu'à la fin de ses jours. Et il ne se voit pas non plus rester à Paris. Pour quoi faire. Depuis qu'il habite dans le Marais, à part pour se rendre à la galerie au Palais Royal, tout ce qui n'est pas à une distance raisonnable à pied, il n'y va plus.

Debout devant la cuvette des toilettes, il pense à tout ce qu'il a entendu depuis le début de la pandémie. Certains des gens qu'il connaît cherchent à vendre, d'autres, à acheter, mais chacun veut changer quelque chose et vite. Il tend le bras pour atteindre la chasse d'eau, grimace à l'onde de douleur que ça déclenche, et ressort sans la tirer. Il entre dans la salle de bains où il soulève son tee-shirt pour regarder les incisions dans le miroir, mais il a des pansements, il avait oublié. Il ouvre le tiroir dont il sort un petit miroir et ramasse le paquet de pansements qu'il a acheté à l'avance avec la Lamaline quand le chirurgien lui a donné l'ordonnance dès le premier rendez-vous. Il va devoir refaire les pansements tous les jours pendant une semaine et ne pas prendre de douche. Il s'arrête sur le pas de la porte de la cuisine. Il s'est occupé de tout avant d'aller à l'hôpital. Il a acheté des choses dont la préparation ne lui demanderait pas de rester debout longtemps. Un stock de plats cuisinés surgelés et des bouteilles de soupes fraîches au cas où il aurait peu d'appétit. Mais là, il n'en a pas du tout et il retourne dans la chambre.

Il a eu de la chance. Aux infos, on entend tous les jours que la plupart des opérations mineures sont déprogrammées pour faire face aux urgences, et la sienne ne l'a pas été. Peut-être parce qu'il ne s'agissait que d'une opération d'une heure en ambulatoire, et c'est vrai que tout est allé très vite. Hier, il est arrivé là-bas à sept heures du matin, il s'est retrouvé dans une chambre individuelle où on lui a demandé de se déshabiller pour enfiler une blouse et il est resté assis dans le fauteuil à lire le livre qu'il avait apporté. Une heure plus tard, on est venu lui donner un rasoir pour qu'il rase les poils sur son bas-ventre, puis on l'a allongé sur un brancard, on l'a roulé dans le couloir jusqu'à un ascenseur, et en sortant on l'a stationné le long d'un mur en lui mettant un masque. L'anesthésiste est venu lui dire bonjour, puis ça a été au tour du chirurgien et Jacques a été déçu de le voir avec un masque, il espérait revoir son visage dont il se souvenait mal et dont il n'avait pas trouvé de photos sur Google. Puis on l'a roulé jusqu'au bloc où l'anesthésiste a commencé à lui parler, et puis plus rien. Il s'est ensuite réveillé de nouveau le long d'un mur, on l'a de nouveau roulé jusqu'à la chambre où cette fois on l'a aidé à s'étendre, et là, complètement réveillé, il s'est rhabillé et s'est assis dans le fauteuil pour continuer à lire en attendant qu'on vienne lui dire qu'il pouvait partir.

Ça a fait marrer le chirurgien quand il est passé deux heures plus tard, et cette fois Jacques a pu revoir son visage qui était aussi séduisant que dans son souvenir, mais la connivence que Jacques pensait avoir perçue lors du premier rendez-vous n'a pas eu lieu à nouveau. Le type aurait pu rester discuter un peu s'il avait voulu, il avait fini son service, ça se voyait à sa tenue de ville que Jacques était le dernier patient qu'il venait voir. Et il est impossible que Jacques se soit trompé, ce type est gay, aucun doute là-dessus, mais soit il est déjà avec quelqu'un qu'il ne trompe pas, soit il refuse d'avoir des histoires avec des patients. Il a pris la peine de dire qu'il avait vu les traces, à l'intérieur, des dégâts laissés par la crise de colique hépatique qui a fait souffrir Jacques comme un chien pendant vingt-quatre heures d'affilée, le mois dernier, et qui a nécessité qu'on lui retire la vésicule, mais il n'a pas cherché à parler plus, il est reparti. Et Jacques a ramassé son téléphone pour commander un Uber, puis il a longé le couloir où il s'est arrêté au bureau de l'infirmière à qui il a fait croire que oui, bien sûr, une amie venait le chercher mais ne pouvait pas monter jusqu'à la chambre parce qu'il n'y avait plus de place sur le parking et qu'elle était garée en double file. Et l'infirmière est restée perplexe, et Jacques a vu le moment où il allait devoir appeler quelqu'un pour qu'on vienne le chercher, alors qu'il avait pris soin de ne rien dire ni à Margot qui a horreur de jouer les gardes-malades, ni à Mathieu qu'il évite le plus possible en attendant de trouver le courage de lui dire que c'est fini. Et finalement l'infirmière l'a laissé signer le bon de sortie lui-même, et maintenant il est là, assis au bord du lit, à essayer de soulever un des pansements et à tenir le miroir de l'autre main pour regarder à quoi ressemblent les cicatrices. Il y en a une juste au ras du nombril, une deuxième d'un côté, une troisième de l'autre, et les trois sont minuscules, elles disparaîtront probablement avec le temps. Mais combien de jours et de nuits vont s'écouler avant qu'il n'ait plus besoin d'un bon quart d'heure pour arriver à sortir du lit.

Il a plusieurs messages de Margot qu'il écoutera plus tard – elle se plaint sûrement du confinement, des appels vidéo qui s'enchaînent, du télétravail qui dure jusqu'à dix heures du soir parce que plus personne n'a de repères – et un texto qui dit : *Ridiculement triste, et toi ?* Et il sait bien que cette situation est intenable pour elle. N'importe quelle personne qui ne supporte pas de rester seule chez elle est en enfer ces jours-ci. Et c'est comme ça pour tout le monde, tout est différent et nouveau et frustrant pour chacun, et pas uniquement ici, dans le monde entier. Sauf pour lui, pour une fois, la douleur et la fatigue lui font apprécier d'être tranquille au calme dans son lit. Margot a besoin de passer son temps dehors pour ne pas se retrouver seule et se mettre à penser, et quand elle ne peut pas faire autrement, quand ça la submerge malgré ses tentatives d'y échapper, elle referme certes la porte sur l'extérieur sans s'en prendre à personne ni se plaindre, mais il faudrait que ça cesse. Qu'est-ce qui est pire pour des parents, ne pas savoir pourquoi leur enfant a disparu et s'il est toujours en vie, ou entendre qu'il s'est suicidé à cause d'eux ? Il faut qu'elle dise la vérité à sa famille, elle ne peut pas continuer à essayer en permanence de s'oublier pour se punir. Mais que feraient les parents, est-ce qu'ils demanderaient à déterrer le corps pour l'emporter dans un cimetière ou est-ce qu'ils le laisseraient pour toujours dans la forêt à côté du chien ? Et est-ce que l'un des deux ou la sœur pourraient se retourner contre Margot au point qu'elle se retrouve accusée de recel de cadavre ? En même temps, comment ses parents pourraient lui en vouloir d'avoir essayé de gérer les choses au mieux alors qu'elle l'avait toujours fait depuis qu'elle était petite. À dix ans, quand sa sœur en avait huit et que celle-ci s'était cassé la jambe en tombant d'un arbre dans le jardin pendant que les parents étaient partis faire des courses, Margot l'avait ficelée à un couvercle de poubelle et l'avait traînée sur le chemin jusqu'à la route où arrêter une voiture pour se faire conduire aux urgences. À douze ans, quand sa mère avait commencé à s'étouffer avec un toast, Margot s'était jetée sur elle pour lui donner des grands coups dans le dos, et comme ça ne suffisait pas, elle avait couché sa mère à plat ventre et s'était mise à sauter à pieds joints sur son dos jusqu'à ce qu'elle recrache le morceau de pain. Et puis à dix-sept ans, elle a enterré son frère dans la forêt pour que ses parents ne découvrent jamais qu'il s'est tué à cause de leur désinvolture. Et depuis, Margot ne veut plus rien avoir à penser. Juste plus jamais.

Est-ce que cette histoire-là est pire que celle de Mathieu, à trente ans, dont le père vient de se pendre devant sa mère ? Ou que la sienne, lui qui a vu son père, à quatorze ans, debout dans le salon avec un gros cendrier à la main à côté de sa mère qui gisait par terre dans une flaque de sang ? Le père de Mathieu était gay et n'en pouvait plus de devoir faire semblant de ne pas l'être, et de se faire humilier par sa femme qui était celle des deux qui avait de l'argent. Son père à lui, c'est le contraire, l'argent était de son côté mais il voyait dans les yeux de la mère de Jacques tout le mépris qu'elle avait pour cet héritier de bonne famille qui n'était bon à rien d'autre qu'à dépenser. Les parents d'Alex sont cool, tous les deux remariés et ils l'adorent, mais apparemment ça n'empêche pas de perdre sept ans à prendre de l'héroïne ou de n'avoir que des histoires d'amour qui vont dans le mur. Est-ce que c'est la désillusion qui brise le cœur de tout le monde ?

Il a bien conscience que ses deux meilleures amies vivent chacune dans une réalité parallèle. Margot est cinglée et Alex est un ovni, mais les deux sont si racées que même si elles étaient clochardes, il préférerait quand même leur compagnie ou leur amitié à celle de n'importe qui d'autre. Quand Margot aura quatre-vingt-dix ans, elle continuera de vouloir descendre son escalier parisien plutôt que d'aller lancer des graines aux oiseaux comme Alex a l'air de le faire, là-bas, dans son jardin. Il sait pourquoi Margot ne s'autorise pas à être heureuse, mais Alex ? Tout le monde la veut et elle ne veut de personne. Et chacun se trompe à son sujet, et elle-même se trompe en pensant qu'elle n'a pas besoin de montrer qui elle est réellement. Il le lui a encore redit, c'est elle qui laisse les gens se méprendre. Si elle ne leur montre rien, forcément ils viennent pour ce qu'ils croient être une réalité mais qui est seulement le fruit de leur fantasme, et elle aussi se trompe dans sa lecture de ce qu'ils veulent, et comme elle refuse de jouer le jeu, de prendre le risque d'aimer et de souffrir, bah elle n'a que ce qu'elle mérite : pas grand-chose, malheureusement.

Mais au moins, contrairement à Margot, Alex n'a pas de petits arrangements avec sa conscience. Elle sait quand elle est droite et quand elle ne l'est pas, alors que Margot est championne de la mauvaise foi. Et tout ça est tellement dommage. Margot n'a des histoires qu'avec des artistes dont le *drive* intérieur est si puissant qu'ils n'ont pas besoin d'elle au quotidien, ce qui lui permet de jouer à la femme dévouée, le temps que ça l'amuse, puis de disparaître sans qu'ensuite ils la harcèlent pour qu'elle revienne. Peut-être qu'il devrait chercher une maison près d'Alex. Ça le rassurerait sans doute de vivre à côté d'elle. Elle a un équilibre, un centre, une colonne vertébrale. Elle est plus ancrée dans la réalité que Margot, elle n'a peur de rien. Margot non plus n'a peur de rien, à part d'elle-même, mais elle est instable, autodestructrice. Alex se contente de se mettre en danger alors que Margot a besoin de s'abîmer. Il aurait dû partir voir Alex dès l'annonce du confinement. Avec cette saleté de Covid, c'est sûrement impossible de faire construire maintenant, mais au moins il pourrait se promener pour découvrir les environs. Alex dit qu'il n'y a pas vraiment de confinement là-bas, que personne ne s'amuse à fliquer les petits vieux le long des chemins et qu'elle sort se promener aussi loin et aussi longtemps qu'elle veut.

Est-ce qu'il regrette, maintenant, de ne pas être avec quelqu'un depuis vingt ou trente ans ? Probablement pas. Les quelques couples qu'il a connus qui ont duré plusieurs décennies se sont tous mis à se tromper au bout d'un moment, quand ce n'était pas déjà le cas dès le départ, que ce soit ouvertement ou pas, jusqu'à ce que ça coince parce que les deux n'ont jamais le même caractère ou les mêmes besoins. Il y en a toujours un qui continue à prendre du bon temps pendant que l'autre finit par arrêter et, là, fatalement, on commence à souffrir d'être traité comme un simple colocataire. À côté de ça, il vient de passer les dix dernières années à se taper des types qui avaient au moins vingt ans de moins que lui. Pas évident de construire avec une telle différence d'âge. Il aimait ça parce que les gens plus jeunes se croient amoureux et qu'il préfère leur innocence à la lassitude des types de son âge qui se disent revenus de tout. Mais se sentir vieux à côté de ces amants plus jeunes a fini par le fatiguer. Quand des jeunes aiment coucher avec des gens plus âgés, ça leur va qu'ils aient des corps de vieux. Alors qu'un vieux ne s'en fichera jamais d'avoir un corps plus vieux que le jeune. Et puis un jeune ne passe pas son temps à se dire qu'il est jeune et beau, sauf s'il est sadique, alors qu'un vieux constate sans cesse qu'il vieillit. Et un corps jeune qui n'est pas entretenu restera toujours charmant tandis qu'un corps vieillissant qui ne l'est pas paraîtra encore plus vieux. D'autres quinquagénaires ou sexagénaires de son entourage ne voient pas les choses comme ça tant ils prennent soin d'eux-mêmes, mais Jacques ne fait pas de muscu ni même de cardio et il a au moins sept kilos de trop.

Même quand il a rencontré untel ou untel et que ça a marché pendant un temps, rien n'a jamais duré assez pour avoir une vraie valeur. Toutes ces coucheries, tous ces gens qui ne savaient pas ce qu'ils voulaient ou qui ne le voulaient pas assez pour essayer de l'obtenir. Évidemment il n'est pas le seul à vieillir, c'est aussi le cas de tous ceux qui l'entourent, déjà ça de pris. Il a de l'affection pour Mathieu, il le trouve inté-ressant et il lui semble qu'il le comprend, du moins en partie. À son époque à lui, perdre le contrôle, se révolter ou se mettre en danger était facile. Le monde extérieur n'était pas si chao-tique et sans avenir. Alors que les milléniaux n'ont plus que le présent, et un présent violent auquel il leur faut survivre. Et en même temps, qui se jette sur les trucs édulcorés pour vivre plus longtemps, qui fume des e-cigs, qui achète du CBD, qui boit du Coca zéro ? Les parents ou les quadra-quinquas hipsters de droite, pas les milléniaux qui finalement sont plutôt moins cons que prévu. Mais il ne peut plus avoir une vie sexuelle et amoureuse avec un garçon de trente ans. Non pas parce que Mathieu a l'âge qu'aurait le fils qu'il aurait pu avoir, mais parce qu'il ne croit plus en grand-chose et qu'on ne peut pas polluer la tête d'une personne de trente ans avec ce genre de constat. À ce stade, ça ne fait plus de doute que le monde occidental a déjà atteint son apogée et qu'il ne reste plus qu'un mélange de misère et d'hédonisme insensé, et ça, ce n'est pas une constatation quotidienne qu'on devrait infliger à un amant plus jeune. On ne peut pas lui laisser voir à longueur de journée qu'on ne veut plus entendre parler des horreurs de l'échiquier géopolitique, des bassesses de la politique intérieure ou du nombre d'années qui restent à vivre à l'espèce humaine avant qu'elle disparaisse. Il ne veut plus rien faire d'autre que lire des bons livres, boire de la bonne vodka et manger des bonnes pâtes. Et Mathieu sait que ça se termine. Il a forcément compris que dès que son expo à la galerie prendra fin, il sera gentiment prié de venir chercher les invendus et d'aller se trouver quelqu'un de son âge. Est-ce que ça le déprime de faire partie du monde des vieux qui ne représentent plus aucun cœur de cible. Non, ses angoisses sont ailleurs. Mais lesquelles. Si on part du principe que toute angoisse est une angoisse de mort, de quoi il a peur en ce moment. Qu'est-ce qu'on est censé se poser comme questions à cinquante-huit ans. C'est quoi être adulte. Prendre ses responsabilités, accepter les défauts des autres, assumer les siens, renoncer à certaines choses, reconnaître qu'on ne peut jamais avoir de certitudes ? Qu'est-ce qu'on est, de quoi on a besoin et pourquoi. Si on répond vraiment à ces questions, on se fait peur.

La crise de la culture

Accroupie derrière la haie d'hortensias sous la pluie battante, à dix heures du soir, avec la lampe de poche coincée entre ses dents et la capuche de son sweat qui lui tombe sur les yeux, elle essaye de dévisser le bouchon avec la pince, mais rien n'y fait. Le bouchon de cette seconde bouteille de gaz censée prendre le relais de la première qui vient de se terminer est coincé. Elle a beau forcer en tenant la pince à deux mains, il ne bouge pas. Elle finit par laisser tomber et retourner vers la maison en s'éclairant dans l'herbe à l'aide de la lampe de poche, et elle va directement dans la cuisine pour essuyer son visage trempé avec un torchon. Qu'est-ce qu'elle va faire de cette tonne de légumes à moitié cuits ? Dans ce tas de petits morceaux qui flottent dans l'eau du faitout, il y en a huit différents dont de la courge butternut, vraiment difficile à éplucher tant la peau est épaisse et, pour une fois, elle était fière de s'en être occupée, au lieu de toujours jeter les légumes qui finissent par se gâter avant qu'elle

185

pense à les manger. Il va falloir qu'elle appelle le chauffeur de taxi demain pour qu'il l'emmène chercher une autre bouteille, et non seulement le type va la saouler avec ses trucs complotistes mais elle n'a aucune idée d'où aller pour acheter du gaz. Elle glisse deux tranches de pain dans le grille-pain puis retourne dans le salon où elle remet une bûche dans la cheminée.

Cette nuit, elle a rêvé que tout ce qui existe encore de concret et de cohérent – aussi bien des objets que des sons, des odeurs, des raisonnements ou des ressentis – était mis dans des caisses pour être chargé sur un immense cargo sur le point d'effectuer un aller simple vers un endroit à un million de kilomètres qu'une rumeur appelle le cimetière de l'ancien monde. Hier, elle a passé quatre heures au téléphone avec Katia qui a joué du violoncelle sur la plupart de ses albums et elles pensent la même chose sur tout. La musique ne sert plus qu'à vendre des voitures, le R'n'B qui s'éternise ne se renouvelle plus, même le hip-hop est devenu merdique. Le rappeur domine le morceau, l'instrument passe après, les samples ne sont plus qu'un support pour le flow, une autoroute pour des ego surprononcés incapables de ne pas en faire des tonnes. Qui écoute des instrumentaux comme ce qu'elle fait, à part des puristes. Si les gens aiment dix secondes de la BO d'un film, est-ce qu'ils aimeront les six minutes trente que dure réellement le morceau, est-ce qu'ils aimeront la totalité de l'album. Qui fait encore de l'art qui pousse à la déchirure en dedans. On n'entend plus que de la construction archi téléphonée – 1, 2, 3, pleurez. Normal que plus personne ne s'emmerde à faire mieux, le médiocre suffit. Il n'y a plus que des niches, et tant que ce sera comme ça il n'y aura plus de vraie nouveauté. Tout est fragmenté, chacun dans sa bulle avec ses trucs préférés et rien qui le relie aux autres. Et encore plus en ce moment, avec le Covid. Mais ça fait déjà longtemps que dans les dîners, dans les conversations, plus personne ne se retrouve autour d'un film ou d'un roman. De toute façon, tout est oublié hyper vite sauf par les acharnés. C'est comme pour ceux qui meurent. Maintenant on l'apprend par les réseaux et lire d'autres choses dans la foulée dilue complètement la peine. Il n'y a plus de postérité non plus et il n'y aura probablement pas de redécouvertes ou elles resteront confidentielles. Quelques papiers dans la presse écrite ou en ligne mais rien qui fera boule de neige. Et tous les artistes qui disparaissent ne sont pas remplacés, même pas par des équivalences pour les milléniaux. YouTube est rempli de centaines de milliers de guitaristes et de bassistes et de batteurs qui font des reprises et qui sont super doués, mais sans le truc avant-garde qui sidère ou l'émotion qui va scotcher toute une génération. Ils ont la technique mais rien de plus, et quand bien même ce serait le cas, pendant combien de jours ou d'heures une découverte nourrit avant qu'on passe à la suivante ?

Il n'y a que les jeunes artistes qui démarrent qui sont motivés pour mettre en ligne un tas de choses, saisir tout ce qui peut ressembler à une opportunité. Les autres sont perdus, ou sur pause, ou se sentent comme des reliques. Avoir un compte sur un réseau social sans être beaucoup liké, c'est comme la cage de l'animal au fond du zoo devant laquelle personne ne s'arrête. C'est la même violence que de jouer devant une salle vide, excepté que ce n'est pas uniquement en tournée, c'est tous les jours à chaque seconde. Les artistes ne sont pas uniquement suivis par des gens qui s'intéressent à ce qu'ils font, la majorité des followers est là par mode ou voyeurisme. Si ce qu'on poste ne les touche pas, ils zappent ou se désabonnent, pas intéressés de voir ce qu'on aime ou ce qui nous influence et pourquoi. C'est pour ça qu'elle a arrêté de poster, aussi bien sur Instagram que sur Twitter. L'internet a tout détruit. La haine, la jalousie, le mépris, la mauvaise foi, les critiques d'amateurs qui se transforment en procès, tout ça a bousillé le moral d'absolument tous les artistes qu'elle connaît qui à un moment ou à un autre ont eu un compte ici ou là. Et plus il y a de gens sans talent ou d'influenceurs qui deviennent des stars, plus l'aura des stars véritables décline, et même si les mômes de maintenant sont aussi excités d'aller voir Rihanna ou Beyonce qu'elle a pu l'être à n'importe quel concert dans les années quatre-vingt-dix, qu'il n'y ait plus d'estime pour les artistes est un désastre.

Elle sait que sa profession va disparaître. La vidéo va remplacer le vrai cinéma et ce ne sera plus de l'art, donc on n'aura plus recours à des artistes pour en composer les BO. Plus personne ne payera plus pour de l'art, il sera gratuit ou on s'en passera. Ce sera un hobby, rien de plus et les BO ne seront plus qu'un fond sonore exécuté à la chaîne. C'est déjà le cas sur Netflix, aucun des films ou des séries n'a jamais de morceaux renversants, tout au plus un générique d'intro qu'on finit par reconnaître quand on l'entend. Des réals qui savent faire du boulot bien fait, il y en a des tas, mais des types qui ont un univers et un style à part, il n'y en a pas des masses, et tout le monde veut travailler avec ces quelques-là, et les places sont trop rares pour que la totalité de ceux qui sont vraiment doués puissent le faire. Elle sait qu'elle a de la chance. La sortie du Marvel qu'elle a fait est repoussée à cause du Covid et ça reporte aussi le dernier paiement, mais elle a encore de quoi vivre tranquillement, alors que pour beaucoup d'autres musiciens, plasticiens ou dramaturges de son entourage, tout se retrouve sur pause et c'est la merde. Et tout le monde est d'accord, il n'y a plus que la frustration d'essayer de faire de l'art dans une époque qui s'en fout. Elle a quitté la ville au moment où son travail marchait le mieux, c'est peut-être idiot, surtout quand la plupart des projets demandent de travailler à plusieurs. Mais bon, elle va d'abord refaire un album personnel. Avant de pouvoir s'y mettre, il faut simplement qu'elle trouve comment créer quelque chose de réellement nouveau. Elle voudrait pouvoir oublier tout ce qu'elle connaît, ce qu'elle a écouté, ce qu'elle sait faire, simplement se mettre au piano et voir ce qui sort. Pas comme un enfant qu'on collerait devant les touches, mais presque. Créer dans une ville, c'est le faire en résonance avec ce qu'on voit, ce qu'on entend, ce qu'on lit. Créer seul au milieu de nulle part, c'est aller chercher ce qui se passe en dedans. Elle ne veut plus être en résonance avec l'extérieur, elle veut savoir ce qu'elle a à l'intérieur.

Est-ce que c'est parce qu'elle ne sait pas encore fonctionner comme ça qu'elle n'arrive pas à commencer. Est-ce que son ego est moribond, ici, sans défis autour d'elle. Est-ce qu'elle ne sait composer que dans l'intensité. Travailler jusqu'à l'épuisement, n'aller dormir que quand elle tombe de fatigue, ne s'interrompre pour manger que quand elle se sent affamé. Rien ne déclenche de sentiment d'urgence, ici. Tout appelle à l'inaction, à la contemplation. Il manque la pression de la *deadline* qui transforme le tâtonnement désespéré en diamant brut. Le perfectionnisme qui la rend folle, qui reste porteur tant qu'elle travaille et qui devient paralysant si elle bascule dans la procrastination. L'urgence et la concentration, quand les heures se transforment en jours sans qu'elle les voie passer et que de la magie jaillissent des épiphanies. Depuis toujours, elle a le même problème. Les morceaux se construisent à toute vitesse dans sa tête, elle les entend en entier avant même de commencer à les composer, si bien qu'ensuite, c'est comme si elle avait la flemme de les travailler parce que les avoir déjà entendus lui suffit. Mais la vraie question, c'est surtout quoi faire, pour qui et pour quoi. Quiconque crée quoi que ce soit maintenant est forcé de se demander dans quel genre de narration s'inscrire et comment participer à cette époque tellement déroutante ou lui tourner le dos. Et elle sait qu'il ne faut pas qu'elle pense comme ça, qu'il faut seulement avancer, mais ces questions sont là, et quand on n'est pas en train de créer, pas en train d'accoucher d'une œuvre, pas enceinte de quelque chose, les jours de déprime ou de doute, ces questions finissent par occuper entièrement l'espace mental. Pourquoi je fais ça, qu'est-ce qui existe encore, et qui en a encore besoin. Elle sait qu'il faut qu'elle s'y remette, qu'elle fasse ce qu'elle sait faire, qu'elle contrôle ce qu'elle peut contrôler et qu'elle lâche prise pour le reste. Elle n'y arrive pas depuis qu'elle est là, ou plutôt pour l'instant elle n'a pas eu envie d'essayer. Mais si elle est vraiment honnête, quand elle ne réfléchit pas au fait qu'elle n'est pas en train de travailler, elle est heureuse, ici. Même si elle n'a plus l'amitié de Jean. Même si elle n'a plus les dîners chez Jacques, les fins de nuit chez Margot, les coups d'un soir trouvés au coin d'une rue. Même si elle sait que dans cette vie, quoi qu'elle gagne, elle ne pourra jamais s'offrir ce qu'elle veut. Ni tableau de Joan Mitchell, ni sculpture de Giacometti, ni maison dessinée par un disciple de Mies van der Rohe. Elle est heureuse ici. De la musique, des livres, quelques objets et quelques meubles, elle n'a pas besoin de beaucoup plus. Elle ne sait pas ce que ça dit d'elle, mais ça lui ressemble, ça la fait se sentir chez elle partout où elle s'installe, et elle pense comme Jacques. Bientôt, vivre dans l'instant et se trouver là où on a envie avec qui on a envie sera tout ce qui restera.

[Interlude]
Icarus LS1, 3

Aujourd'hui était une belle journée de printemps et il a marché longtemps, bien plus que les autres fois depuis un mois qu'il est ici. Malgré la promenade toujours limitée à une heure, la distance toujours restreinte à un kilomètre et l'accès aux plages toujours interdit, il est allé jusqu'à la pointe, à une dizaine de kilomètres, puis est revenu en sens inverse. À chaque fois qu'il sort, il a trois attestations sur lui avec trois horaires différents. S'il se fait contrôler, il lui faudra seulement ne pas se tromper de poche pour sortir celle qui correspondra au bon créneau horaire. Et si les flics lui rappellent qu'il est interdit de remplir la date et l'heure au crayon de papier, ils comprendront qu'il n'a ni imprimante avec lui, ni photocopieuse à proximité, ni voiture de location parce que l'agence près de la gare a fermé dès le premier jour du confinement. Quant à l'amende si on est pris en train de se promener sur la plage, pour l'instant il n'a vu aucun flic par ici.

Il a marché à marée basse au soleil avec son bonnet et ses écouteurs et il écoutait la musique d'Alex. Il a trouvé qui elle est. Il est tombé sur son nom par hasard en lisant un papier sur les sorties de films qui sont reportées. Il a cliqué sur un lien qui parlait du prochain Marvel qui ne sortira pas avant septembre et il y avait une photo d'elle sur le côté parce qu'elle en a fait la bande-son. Ça l'a surpris qu'elle soit musicienne. Il se l'était imaginée sans travail, ou du moins là pour changer d'air, et il se l'était surtout imaginée très seule alors que les musiciens ne le sont jamais. Il ne peut pas dire qu'il soit déçu, il est même impressionné par son parcours et son talent, mais ça le fait un peu chier quand même. Elle a une page Wikipédia sans date de naissance, qui dit qu'elle a grandi à Paris et qu'elle joue du piano et de la guitare, avec la liste de ce qu'elle a fait jusqu'à maintenant. Aussi bien des disques personnels que des BO de films et des collaborations à des albums d'autres gens. Elle a aussi reçu pas mal de prix dans plusieurs pays. La page est traduite en anglais, en allemand et en islandais, mais il n'y a rien de plus dans la version anglaise, et rien non plus dans les deux autres qu'il a copiées-collées dans Google Translate. Il a trouvé ses comptes Twitter et Instagram mais elle n'a rien posté depuis des mois. Sur Twitter, il n'y a que des liens de sorties de disques, de dates de concerts et d'interviews, et sur Insta, des pochettes de disques et des *flyers* de concertos de piano ou de sets d'électro. Et maintenant il connaît sa voix, il y a un tas d'interviews d'elle sur YouTube et il les a quasiment toutes regardées. Il y a pas mal de photos d'elle sur Google Images, à des premières de films, des festivals, des remises de prix, des vernissages. Elle n'a pas l'air de boire, ou en tout cas elle n'a pas un verre à la main sur toutes les photos comme les gens qui sont avec elle. Et elle a l'air timide, ou réservée, il n'y a pas de photos où elle rit aux éclats ou se tient de manière exubérante. Il y en a une où elle embrasse une fille sur un canapé, ou plutôt où elle se laisse embrasser dans ce qui ressemble au salon d'un appartement avec des rideaux tirés. Une photo qui renvoie à la page Instagram d'une fille, sans doute l'autre, et il a regardé la cinquantaine de personnes qu'Alex suit, essentiellement des gens du monde de la musique, et il a parcouru un peu la liste de ceux qui la suivent, mais elle a trente mille followers donc il a assez vite laissé tomber. Toute sa musique est sur iTunes. Il a tout acheté. S'il la recroisait enfin, il lui dirait qu'elle a l'air de composer des paysages. Oui, c'est ça, des paysages plutôt que des ambiances. Ce qu'il n'arrive pas à savoir, c'est s'il n'y a personne dans ces paysages, ou s'il y a quelqu'un mais qui ne fait qu'un avec eux.

Il marchait et il pensait à YouTube, Google, tout ça, et à quel point ce n'était sûrement pas prévu. L'arrivée de la téléréalité, des messageries instantanées, des réseaux et des smartphones qui rendent accros. Il a toujours essayé de ne pas trop subir le truc, mais ça demande une telle vigilance qu'il sait déjà qu'il ne fera pas d'enfants. Pas envie de les catapulter dans un monde de mensonges où ça demande un effort énorme de ressentir plus d'empathie et moins de cupidité. Tout demande un effort, rien que pour s'informer réellement. Tellement marre de voir des gens développer des opinions sans se rendre compte qu'ils sont influencés par ceux qu'ils écoutent. Ras le bol de les voir tout recracher sans avoir fait de recherches pour comprendre les sujets ou, au contraire, trop en faire. À ce stade de la folie des *fake news* et de la propagande, il préfère s'informer de loin et rester dans sa bulle. Les mecs qui font des vidéos en ce moment sur l'inutilité du confinement, est-ce qu'ils se rendent compte qu'ils ont l'air cinglés avec leurs raisonnements débiles et leurs visages complètement déformés par la haine ? La décomplexion avec laquelle ils affichent leur QI de moins de quatre-vingts, leur imagination tordue et leur espoir que le pire existe ou arrive pour de bon. Ça, et le doute, le doute systématique, et le besoin de choisir un camp. Tous ces gens super agressifs persuadés qu'on ne peut pas les comprendre si on a le malheur d'avoir un gramme de chance de plus qu'eux. Ces comptes qui n'obtiendraient pas dix *likes* avec leurs histoires persos, mais s'ils se mettent à retweeter du politique, la nouvelle famille d'adoption va leur apporter les *likes* dont ils ont besoin pour exister. Pendant un temps, il trouvait que le virtuel était devenu le réel tant il s'y passait plus de choses importantes ou intéressantes, mais finalement le virtuel ne sert qu'à se sentir moins seul dans la connerie et la haine des autres et de soi. J'ai pas de couilles mais c'est pas grave, toi non plus. Aux débuts de Twitter, quand il y avait des clashs, les gens s'engueulaient cinq minutes puis se séparaient en haussant les épaules. Maintenant ça dure cinq heures ou cinq jours, tout le monde s'est radicalisé. Tout le monde veut faire partie de la conversation même si la conversation a mal tourné depuis longtemps. Pauvres cons. Seuls chez vous sur votre canapé, vous faites partie de quel tout ? Chacun manque de courage pour partir, pour retourner au réel ou au silence.

Il marchait et il pensait à Instagram censé être moins affligeant et qui pourtant n'est pas mieux. Même quand il n'y passe que cinq minutes, il n'y voit plus que la surenchère. Un type enfile un casque pour se jeter par terre la tête la première et voir sur combien de mètres il peut glisser avec le casque – deux cent quatre-vingt mille *likes*. Un ado en Espagne fait du Parkour avec une seule jambe – près de cent cinquante mille *likes* quotidiens. Un charpentier travaille en dansant sur des morceaux de musique différents tous les jours – trois cent mille *likes* à chaque fois. Une petite skateuse blonde de sept ans a une bio qui dit *Nique tes peurs*. Un barbu voyage à vélo à travers toute la Suède avec son chat tour à tour installé sur son épaule ou dans un panier accroché au guidon. Un Russe de cinq ans est champion de danse marathonienne.

Un coiffeur allonge ses clients par terre dans sa boutique pour couper les cheveux longs à grands coups de machette. Trois millions de *likes* quand Timothée Chalamet poste un gobelet de noodles à moitié vide. Sans parler de la multitude de mises en scène qui se font passer pour des anecdotes spontanées alors qu'il y a chaque fois quelqu'un pour filmer. Le nombre de comptes qui postent chaque jour des exploits en tous genres, et le nombre de personnes qui ont besoin de les visionner...

Il marchait et il se demandait pourquoi tout le monde n'est pas enfin d'accord qu'on allait beaucoup mieux quand on en savait bien moins sur les autres. Être exposé à ce point aux goûts et aux points de vue des voisins fait les haïr et ensuite cette haine structure tout ce qu'on pense. Souvent il espère qu'au réveil, un contingent de hackers sera passé sur Twitter pour placarder des bandeaux en travers de toutes les pages toxiques : raciste, antisémite, néonazi, homophobe, proviol, troll russe, propagandiste chinois, etc. À un moment, il avait créé un compte pour aller moucher les trolls, mais très vite il s'est rendu compte que ça le faisait devenir un troll lui-même et il a dû arrêter. Il y a des jours où il les déteste tellement qu'il pourrait leur coller des lames de rasoir dans leurs sandwichs. Merde, c'est pour quand la prochaine tempête solaire qui va détruire l'internet. Il donnerait cher pour une panne généralisée et définitive. Quelqu'un qui irait sectionner les kilomètres de câbles sous-marins. L'économie du monde entier se casserait la gueule en quelques jours et la guerre civile se répandrait partout, mais peu importe. Il faudrait pouvoir dévier la trajectoire de cette fuite en avant. Que les gens aient envie de regarder autre chose que des vidéos d'*unboxing* de baskets ou d'écouteurs sans fil. Ça finit par être grotesque de voir ces mecs mettre des fortunes dans la dernière collab de machin avec truc et montrer ça avec des ongles sales et rongés dans un appart tout moche. Comment peut-on bien vivre quand on voit comment les autres se comportent et qu'on est affligé, choqué, dégoûté, exaspéré ou déçu. C'est compliqué de se sentir chez soi au même endroit quand on ne partage pas les mêmes valeurs et qu'on n'a pas tous à cœur les mêmes choses. Il faudrait qu'il supprime ses comptes Facebook et Twitter qu'il n'alimente plus du tout depuis qu'il est rentré. Sur les deux, son pseudo est Icarus LS1, pour l'étoile la plus lointaine à neuf milliards d'années-lumière de la Terre. C'est comme ça qu'il se sent. Et à chaque commentaire qu'il lit sous le moindre tweet, il a seulement envie de répondre allez, vas-y, ferme ta gueule, laisse-moi rêver.

Le campus de Facebook où il vient de passer cinq ans. Les repas équilibrés matin, midi et soir. Les *takeaways* à rapporter chez soi, le parking gratuit, les transports remboursés, la salle de gym, le pressing, l'aide pour obtenir un logement. Le super matos informatique et les immenses baies vitrées des *open spaces*. Tout formaté pour qu'on travaille comme sur des rails. Comme Netflix, tout formaté pour donner du plaisir illimité qui compense le manque de plaisir du réel. Pour faire passer le temps avant de dormir. Netflix qui compte sur la faiblesse qui consiste à enchaîner avec autre chose après la fin d'un film ou à zapper si ce qu'on a commencé ne convient pas. Et pour rendre le spectateur accro, il faut le frustrer, le maltraiter, le choquer, tuer ses personnages préférés. Léo se fait encore souvent avoir par le procédé. Et aussi par les voix off des documentaires. Quand on écoute quelqu'un expliquer absolument tout ce qu'on regarde, une fois qu'on éteint, on se rend compte qu'on n'a rien mémorisé, rien compris par soi-même, on s'est juste laissé biberonner. Hier il a lu un article sur comment se désintoxiquer de Netflix, Amazon Prime ou Disney, et le mot *contenu* était employé onze fois en quelques paragraphes. D'où sortent les gens qui pensent comme ça. Comment elle réagit, Alex, si elle entend quelqu'un parler de ses morceaux comme d'un *contenu*.

Il marchait et il pensait à ce qu'il lit depuis des semaines sur le Covid. La corrélation avec la porosité des frontières entre la vie sauvage et les activités humaines. La tuberculose venue des bovins qui s'est propagée aux humains quand on a commencé à élever du bétail. Les virus qui s'adaptent et évoluent, les changements climatiques qui sont responsables de la propagation et la prolifération. Il pensait à son arrivée, la veille de l'annonce du confinement, et à la dame qui lui loue l'appart, dans la résidence, qu'il n'a toujours pas réussi à joindre pour savoir jusqu'à quand il peut rester. Si ça se trouve, elle est morte. C'est dingue ce qu'on entend aux infos, les gens qu'on ne peut pas soigner, qui meurent à l'hôpital sans avoir pu revoir leurs proches, qu'on doit enterrer en vitesse et en petit comité. Il a appelé sa mère mais elle va très bien. Et ici, dans cette résidence entièrement déserte où il ne croise même plus la femme de ménage qu'il apercevait les fois précédentes, il n'y a qu'une seule voiture garée sur le parking et elle n'a pas bougé depuis un mois. Est-ce que ça veut dire que son propriétaire est mort dans un de ces apparts plongés dans le noir et qu'il va rester là jusqu'à ce que le confinement se termine et que la femme de ménage revienne.

Chaque matin, au réveil, il voudrait presque avoir oublié ce qu'il a entendu ou lu la veille. C'est très joli la résilience, mais on a le droit d'espérer mieux et de vouloir arracher la tête à ceux qui disent qu'il faut lâcher prise. Les états d'âme ne sont que temporaires, le meilleur est à venir, même si les rêves disparaissent, on peut en trouver d'autres – ben voyons. C'est devenu impossible d'avoir des convictions en béton quand tous les jours on a un rêve qui expire, un espoir qui crève, une croyance qui agonise. Il reste quoi à part la télé à la demande et l'hypersocialisation alcoolisée. Et la vigilance que ça demande de ne pas faire que des choses qui servent à passer le temps. Cuisiner ou aller se balader, regarder un bon film ou lire un livre, et partager ça avec des amis. Mais les amis, maintenant, ils ne font plus rien d'autre que débattre et cracher sur tout. Personne ne veut plus simplement être content de passer une bonne soirée. Il faudrait trouver des brèches d'insouciance, de la complicité, un fou rire avec quelqu'un, n'importe quoi, mais l'insouciance a l'air d'avoir disparu et à la place il n'y a plus que l'angoisse, et il finit par avoir le sentiment que bientôt, plein de gens vont se mettre à faire des trucs très moches.

Il marchait le long de l'écume et il en arrivait à la conclusion que tout manque de spiritualité, de dimension, d'humanité plus profonde, et sans doute que tout le monde le ressent, ce manque, quand on n'est pas distrait par les écrans. C'est pour ça qu'il relit Victor Hugo en ce moment, par besoin de héros qui inspirent, des héros symboliques avec des valeurs. Enfant, il entendait dire que la société progressait, mais c'est faux. C'est toujours la même soif de violence avec le même besoin de trouver quelqu'un à blâmer. Le quotidien devient plus luxueux ou plus confortable et on n'a plus les pieds dans la boue mais on est toujours des bêtes qui exploitent la faiblesse. Peut-être que finalement il n'y a ni bien ni mal ni paradis ni enfer ni karma, et que les raisons de ne pas faire de mal aux autres sont minces. La recherche d'harmonie, de noblesse d'âme, d'esthétique, tout ça est parti à la poubelle. Quiconque ne trouve pas le monde ou l'existence atroces vit dans une grotte. Il sait que s'il disparaît, faute d'avoir une femme et des enfants, l'argent qu'il a de côté ira forcément à sa mère. L'ironie. Elle qui a cessé de se comporter comme une mère le jour où elle a compris qu'il allait grave bien gagner sa vie. Mais peut-être que les petites communautés vont s'en sortir. Dans une communauté, chacun a un rôle, chaque chose a un sens et on a envie de faire des efforts pour que les gens qu'on connaît vivent le mieux possible. Mais quand on n'a pas le sentiment d'appartenir à quelque chose, il y a peu de chance qu'on se batte pour une cause. Si on ne se sent pas considéré par l'humanité en général, si on est tous insignifiants et interchangeables, pourquoi on s'emmerderait à avoir de la considération pour son prochain et son bien-être. La globalité est bien trop vaste. Notre prochain, tant qu'on ne le voit pas, il peut crever à boire de l'eau polluée, rien à foutre. C'est comme la viande. Tant qu'on ne voit pas l'animal mort, pas de problème. On achète des steaks hachés sous vide pour que l'inconscient ne fasse pas de lien. Comme à Auschwitz, pas de lien, toutes les choses qui conduisaient à la mort étaient séparées. Pas la même personne qui faisait descendre les gens des trains, qui les menait aux fours, qui appuyait sur les boutons, qui récupérait les chaussures et les lunettes. Successions de mini tâches d'une énorme machination qui conduit à l'annihilation, et tout le monde planqué derrière la responsabilité collective alors qu'elle était aussi individuelle. Quand tout est compartimenté, on ne fait que tondre des cheveux ou sortir sa carte bleue pour payer le steak.

Il marchait et il se rendait compte que depuis qu'il est là, à part regarder la télé toutes les nuits, il n'a rien fait d'autre que se promener en espérant croiser Alex. Est-ce qu'il y a une chance qu'elle soit pour lui ? Probablement pas. Ceux qui sont seuls sont faits pour l'être, visiblement. Ils n'ont pas droit au même confort mental que les autres, à la même facilité, la même simplicité. Pendant un temps il a cru que pour avoir un mental d'acier, il fallait qu'il ait d'abord un corps impeccable, pas pour le côté esthétique mais pour le respect de soi. Alors il a fait de la gym et de la muscu, pas à outrance, juste ce qu'il faut, mais à quoi ça lui sert au quotidien. De toute façon, l'amour ne sauve pas. Il ne suffit pas d'aimer pour arriver à construire à deux. Le désir, l'affection, ce n'est pas assez. On fait des projections sur la personne, on imagine ce qu'on voudrait vivre avec et, une fois que ça se retrouve confronté à la réalité, ça ne vaut rien. Il faudrait ne jamais fusionner, que chacun garde son univers et qu'être avec l'autre en crée un troisième. Fusionner deux vies, c'est bancal, c'est trop d'attentes. Quand ça foire, tout s'écroule en dedans et c'est le trauma. Tout le monde crève d'être seul ou avec la mauvaise personne. On confond tellement connexion et lien.

Le lien humain, c'est face à face et sans chercher à contrôler la relation. Mais bon, tout a un sens et une fonction sauf l'être humain. Tout était déjà là avant nous. Les animaux et la nature ont besoin les uns des autres mais l'humain ne sert qu'à lui-même. Donc il peut disparaître. C'est ce que les mecs de la tech montrent tous les jours à force de construire un monde numérique. Si on est une espèce qui détruit la planète, peut-être qu'on est un accident et qu'on n'aurait jamais dû voir le jour. Mais s'il a la moindre chance avec Alex, il fera tout ce qu'il peut pour que ça ne foire pas et que ce soit beau.

Il pensait à Jeff, aussi, qui a appelé juste quand il sortait pour aller se promener. Jeff qui s'est fait cambrioler hier soir pendant qu'il était dans l'appart. Il devait être deux heures du matin, il était dans son lit à lire, dans la chambre de son deux-pièces qui est au premier étage, et la fenêtre du salon était ouverte, et il percevait des petits bruits en pensant que c'était le vent, jusqu'à ce qu'il entende clairement un bruit de pas. Là il sort de la chambre comme un diable armé d'un énorme bouquin de photos, et il y a un putain de gamin en train de ressortir par la fenêtre avec son blouson et son ordi. Un ado d'une quinzaine d'années, noir, sans cagoule ni même une capuche, juste en sweat et en bas de survêt, et il a déjà passé une jambe par-dessus la rambarde, mais il galère parce qu'il lui faut au moins une main libre pour s'accrocher au garde-fou. Alors il laisse tomber le blouson, et Jeff commence à donner des grands coups sur ses doigts avec le livre pour lui faire lâcher prise, mais le gamin ne lâche pas la rambarde et il tient toujours l'ordi dans l'autre main, et pendant un bref instant ils se regardent droit dans les yeux. Ça n'a peut-être duré que deux secondes, disait Jeff, le gamin était tétanisé, puis Jeff s'est remis à taper sur ses doigts et le gamin a sauté du balcon sur le trottoir sans lâcher l'ordi et il a détalé avec, et Jeff s'est penché pour crier mais il n'y avait personne dans la rue qui aurait pu l'arrêter. Et le temps que Jeff enfile son jean, ses baskets, qu'il verrouille sa porte et qu'il dévale l'escalier, le gamin avait disparu. Ensuite les flics sont arrivés et ils lui ont fait faire le tour du quartier en voiture, mais ils ne l'ont pas retrouvé, et Jeff est allé se recoucher plutôt serein jusqu'à ce qu'il se mette à penser à ce que ça aurait donné si le gamin avait vu le bloc de couteaux près de l'évier de la kitchenette, ou s'il était tombé par la fenêtre la tête la première. Et maintenant Jeff dit qu'il ne sera plus jamais serein dans cet appart, et ensuite il a encore parlé d'autres choses qui ont de nouveau donné à Léo le sentiment qu'il va peut-être finir par mettre fin à ses jours, et Léo a préféré changer de sujet plutôt que de confier qu'il comprend parce qu'il en arrive aussi plus ou moins au même genre de conclusion, qui est que ce ne serait pas forcément une idée pire qu'une autre tant tout semble foutu.

Alors il a fini par raccrocher et il a continué à marcher, et il pensait à Alex qui doit habiter à plus d'un kilomètre, si elle ne vient pas jusqu'ici, ou qui a décidé de ne pas braver l'interdiction d'aller sur la plage. Il pensait à l'effort que ça lui demande de rester calme d'être enfin là pour une durée indéterminée sans pour autant la croiser, et il imaginait comment ce serait si la pandémie dégénérait et qu'ils devenaient les deux seuls survivants. Ne plus voir qu'elle se déplacer dans l'espace. Et ne plus écouter que sa musique qui étrangement collerait avec ça. La désolation de la fin du monde et la féérie de la paix tranquille. En même temps, il se demandait ce qu'elle lui trouverait si elle le connaissait. Est-ce qu'elle est du genre à se dire que le meilleur moyen d'arriver à quantifier les étoiles est de les comparer aux milliards de gens sur la Terre. Et toi, Léo, est-ce que du haut de tes trente ans, t'as le début d'une idée de comment les femmes de son âge aiment qu'on les attrape. Elle a quel âge d'ailleurs, quarante. Plus ? C'est quoi l'intérêt de ta vie ici, Léo. Tous les soirs, t'es devant la fenêtre ouverte de ton meublé de bord de mer à te demander si tu vas te faire jouir devant le soleil qui se couche sur l'océan ou plus tard dans la pénombre, et tu regardes le ciel virer à l'orange et tu suffoques devant autant de beauté, mais aussi devant autant de désespoir de ne pas savoir quoi faire de toi-même, et les questions que tu te poses sans arrêt n'intéressent que toi. Est-ce qu'un jour il n'y aura plus assez d'eau dans les sols pour que les arbres et les plantes continuent de pousser. Est-ce qu'il y aura enfin des vrais trucs futuristes comme des ascenseurs qui se déplacent à l'horizontale plutôt qu'à la verticale. Quelles merdes aux infos ce soir ? Canicule, sécheresse, nuits tropicales, migrants morts noyés, migrants morts entassés dans des camions, migrants traqués dans la forêt par des identitaires encore plus jeunes que lui qui ne se rendent même pas compte de ce qu'ils font. Et pourtant tout est un miracle. Le soleil en train de disparaître dans l'eau, la lune là-haut déjà visible et qui semble si près, la Terre qui tourne sans qu'on le sente. La logique du monde des insectes et des plantes. L'incroyable machine qu'est le corps humain qu'on peut réparer ou rafistoler, et en même temps qui n'est rien de plus que de la viande sous la peau. D'un côté il le sait, il l'a compris à l'hôpital, et de l'autre, il refuse de l'accepter parce que tout est si construit, élaboré, sophistiqué, en perpétuelle évolution à mesure qu'on grandit. Il ne peut pas croire que la mort met fin à tout en un millième de secondes alors que la venue au monde dure neuf mois. Ni que la mort n'est rien alors que la vie est si fascinante. Tant de choses à découvrir, à regarder, à essayer de comprendre, tant de choses qu'il ne sait pas. Il repense à la scène dans *Lost* quand Charlie écrit ses cinq meilleurs souvenirs sur un papier avant d'aller faire le truc qui va lui coûter la vie. Il n'en a pas cinq qui lui viennent à l'esprit, là tout de suite, mais il en a au moins un. La première fois qu'il l'a vue. Quand elle est passée devant lui sur la plage et qu'elle est revenue en arrière et qu'elle s'est arrêtée pour lui demander du feu en se laissant tomber à genoux dans le sable. Elle était tellement belle que dès qu'elle était repartie, ça avait commencé à lui faire mal, et plus il l'avait regardée s'éloigner, plus il s'était senti perdu, abandonné, comme si on venait de lui arracher quelque chose à l'intérieur. Merde, Alex, qu'est-ce que tu vois quand tu fermes les yeux, c'est quoi ton rêve.

Une autre planète un peu étrange

Et puis l'été est arrivé, et les fougères ont remplacé les primevères et les pervenches le long des chemins, et le délice du printemps de vivre bras nus après avoir eu aussi froid cet hiver a continué, et à cause du Covid, peu de vacanciers sont venus envahir le coin, mais Jean avait raison, aucun des pères de famille qu'elle a croisés en se rendant à la plage n'a eu envie de se retourner sur la pianiste exilée qui écoute du Alice Cooper sous son bob qui lui cache les yeux – pas assez de seins ou de fesses ou trop casse-couilles pour les hétéros de base. Personne ne l'a regardée se baigner en La Perla avec sa peau blanche, après sept heures du soir, quand la marée remonte sur le sable chauffé par le soleil et que l'eau devient enfin vaguement tiède, et elle ne se plaindra pas qu'aucun touriste ne soit venu partager ses tomates grillées au barbecue sur la terrasse à la nuit tombée, elle a passé le mois d'août à lire les cinq cents pages du *Journal* de Richard Burton et pour rien au monde elle n'aurait voulu voir qui que ce soit d'autre que lui venir s'affaler dans le transat vide à côté du sien. Et maintenant que septembre commence et qu'elle achève ce premier cycle d'un an ici, elle pourrait continuer à dire qu'elle se sent au paradis si le proprio et ses fils ne s'étaient pas transformés en – en quoi d'ailleurs, est-ce qu'il y a un mot pour décrire les gens qui changent lâchement de comportement du jour au lendemain.

Le père vient maintenant déjeuner tous les dimanches dans son garage équipé d'une cuisinière et d'une télé, avant de monter passer l'après-midi à l'étage sans qu'elle ait la moindre idée de ce qu'il y fabrique. Quand il lui avait fait visiter le grenier, il n'y avait pourtant rien d'autre que des cartons et quelques meubles recouverts de draps. Il arrive à midi, ne repart pas avant dix-huit heures, et ça dure depuis le mois de mai, cinq mois, presque la moitié de l'année. Elle a appelé le fils qui lui a loué la maison pour lui dire gentiment que tout de même, ce n'est pas ce qui était convenu, mais il lui a répondu qu'elle était prévenue et que c'était à prendre ou à laisser. Puis un jour, en juin, l'autre fils est venu tondre la pelouse parce qu'il a estimé qu'elle ne s'en occupait pas assez souvent. Comme ça, sans prévenir ni lui demander son avis, et sans qu'elle se doute qu'on l'observait. Puis en juillet, il est venu passer une nuit dans le grenier avec sa femme, sous prétexte qu'ils avaient laissé leur maison à leur fille qui faisait une fête pour son anniversaire. Là encore sans prévenir. Puis en août, il est encore revenu, cette fois pour tailler des arbustes, et quand elle a fini par lui faire remarquer que son père et lui se conduisaient de manière franchement étrange, il lui a balancé qu'ils ne la retenaient pas.

La présence du père le dimanche implique de cesser d'écouter de la musique quand il arrive, de sentir l'odeur de son déjeuner passer sous la porte du garage, de percevoir sa télé en bruit de fond, de l'entendre aller aux toilettes. De ne pas téléphoner sur la terrasse si elle ne veut pas être entendue par les vasistas ouverts au-dessus, de faire avec les trous que son besoin d'arracher les pissenlits laisse partout dans l'herbe, de voir des chiens divers traverser le jardin parce que le portail de derrière reste ouvert tout l'après-midi. Et ça a mis fin aux visites de Lizzie qui, après être venue quelques week-ends de suite, en a eu marre. Personne n'a que ça à faire de se taper presque quatre heures de train pour venir passer deux jours dont le second est foutu à cause du vieux de quatre-vingts ans, de l'autre côté de la cloison ou à l'étage, qui fait se sentir obligée de s'envoyer en l'air sans faire un bruit comme si Alex était hébergée chez ses grands-parents. Et maintenant elle vient de se rendre compte que l'autre partie de la maison n'a pas de compteurs d'eau et d'électricité séparés. Ce propriétaire se sert des abonnements de ses locataires depuis toujours sans même le leur dire. Donc elle regarde à nouveau les annonces.

Maintenant que l'été est fini, quand elle va se promener vers la plage, les trois campings à proximité desquels elle passe sont redevenus déserts et on n'y entend plus ni cris d'enfants à la piscine, ni eurodance tonitruante qui s'échappe de la sono. Sur la plage, il n'y a plus grand monde non plus, et à mesure que le fond de l'air commence à se rafraîchir, les quelques personnes qu'elle croise ont aussi remis un pull. Elle continue d'adorer venir marcher dans les odeurs de pin et d'algue, mais si elle a véritablement trouvé un paradis, elle y est seule. Toutes les maisons devant lesquelles elle passe ont une table dans le jardin, une autre sous la véranda, une autre encore dans ce qu'on aperçoit du salon, et voir ces tables partout qui servent à se réunir avec d'autres gens pour parler, boire ou manger ne lui a jamais paru aussi symbolique. L'autre jour, en longeant un jardin où une vieille dame était agenouillée dans l'herbe à planter quelque chose, elle a eu une vision d'elle-même ici à soixante-dix ans ou plus, entièrement seule une fois que tous ses amis et ses parents auraient disparu, et elle s'est demandé si ça lui plairait toujours, et elle s'est efforcée de se dire que oui pour ne pas commencer à paniquer. Si elle mourait demain, Margot et Jacques se partageraient le peu qu'elle a, mais si elle meurt très vieille, que deviendront ses affaires ? Qui gérera sa musique, qui touchera ses droits d'auteur, qui héritera de ses instruments ? Qui s'occupera de résilier ses abonnements ? Qui saura où se trouve le caveau de sa mère ou de son père ? Si elle faisait un malaise cardiaque ou quelque chose comme ça, combien de temps s'écoulerait avant que Jacques et Margot trouvent bizarre de ne pas avoir de nouvelles et sautent dans un train ? Ni l'un ni l'autre n'a les numéros de ses parents, ou même de Jean.

Il paraît qu'à Paris, quand on prend un verre en terrasse, si on veut entrer dans le café pour aller aux toilettes, maintenant on doit mettre un masque. Jacques dit qu'il n'y a plus un seul taxi qui n'ait pas installé une vitre entre l'arrière et l'avant, mais Margot se sent un peu moins ridiculement triste, comme elle dit, et les nouvelles que tous les deux lui donnent d'autres gens ne sont pas mauvaises, apparemment tout le monde est juste un peu plus enrobé et un peu plus pâle avec des yeux un peu rétrécis. Qu'est-ce qu'ils attendent pour venir la voir. Un an. Ce post-ado qu'elle croise régulièrement sur la plage, Léo, elle voit bien qu'il a un truc pour elle, même s'il s'efforce de le cacher, et il est plutôt mignon, et il dit des choses superbes sur sa musique, mais elle ne peut rien pour lui. C'est la même chose que cette fille qui lui écrivait sur Instagram en mars. Les gens qui ont quinze ans de moins en auront toujours quinze de moins, que ce soit dans leurs souvenirs ou leurs envies, et le jour où on arrivera à soixante ans, si l'autre n'en a que quarante-cinq, on ne sera vraiment pas au même endroit et le plus âgé des deux vieillira toujours plus vite sans que jamais l'autre ne le rattrape. Que ce petit Léo soit charmant et disponible serait assez pour coucher avec lui quelques fois, mais à quoi bon, il faut réserver ça aux gens à qui ça suffit, pas l'infliger à ceux qui ont l'air de vouloir et de mériter plus. S'il y a bien une chose qu'elle a apprise ces derniers temps, c'est de ne plus commencer des relations qui n'ont pas toutes les chances de fonctionner. Si ce Léo était une fille du même âge, elle dirait non de la même façon, comme avec celle d'Instagram, même si elle a été accro à Lou qui avait dix ans de moins. Mais bon, Lou, c'est autre chose.

Elles se sont de nouveau écrit ces derniers jours. Alex jetait un œil sur Twitter de temps en temps pour voir si elle avait réactivé son compte, et quand elle a vu que c'était le cas, elle n'a pas pu résister. Et cette fois c'était enfin différent des autres fois où Alex était revenue lui parler. Lou n'était plus dans ce truc hyper rigide de victime qui exigeait qu'Alex reconnaisse tous les jours qu'elle s'était conduite de manière abusive et qu'il fallait qu'elle nomme chaque fois la chose pour bien l'assumer. Elles ont simplement pris des nouvelles l'une de l'autre, tous les soirs pendant une dizaine de jours, environ une heure à chaque fois, guère plus pour que ça ne les envahisse pas, mais assez quand même pour que ça devienne une habitude, et puis hier soir, Lou a dit qu'il fallait que ça s'arrête, qu'elle avait de nouveau l'impression de tromper sa copine rien qu'en discutant, et qu'elle n'en avait plus besoin, n'avait plus de regrets, que ça lui a passé, et qu'il fallait qu'hier soir soit la dernière fois. Si bien qu'elles ont continué à écrire jusqu'à ce qu'elles n'arrivent plus à garder les yeux ouverts, et Alex a donné sa parole qu'elle ne réapparaîtrait plus jamais, et elle a fait appel à toute la dignité possible pour lui dire au revoir tranquillement, sans insister ni laisser voir à quel point elle en était malade.

Lou a dit des choses qu'elle n'avait jamais dites avant. Qu'elle avait aimé Alex et qu'il y avait eu un moment où elle avait failli tout quitter pour elle. Un soir où elle attendait en bas de chez Alex, sous la pluie, sur le trottoir d'en face, et qu'en rentrant, Alex l'avait vue mais ne s'était pas arrêtée pour lui parler, et ensuite Lou avait sonné à l'interphone mais Alex n'avait pas ouvert, et Lou était restée sur le trottoir sous la pluie à attendre qu'Alex vienne à la fenêtre, et Alex ne l'avait pas fait non plus, et Lou en avait déduit qu'Alex ne l'aimait pas. Et Alex est tombée des nues en entendant ça parce qu'elle n'avait pas vu Lou sur le trottoir ce soir-là et son interphone n'avait pas retenti, sinon évidemment qu'elle aurait ouvert. Et Lou a dit que ça n'avait plus d'importance, maintenant, et Alex n'était pas d'accord, ça en avait, mais Lou a redit que c'était trop tard, et quand Alex a refermé l'ordinateur, ça a commencé à cogner salement. Et elle est allée se coucher en essayant de regarder ça d'une manière nouvelle. En se disant que la vraie force, ce n'est pas de se protéger pour dépasser la chose sans morfler, mais au contraire d'accepter de la regarder en face. C'est ça le challenge pour des gens comme elle qui sont en permanence dans le contrôle. Gérer le lâcher-prise. La vraie force, c'est d'arriver à faire ce qui n'est pas naturel, sinon on reste esclave du besoin de contrôle qui n'est qu'une béquille. Si elle essaye de deviner ce que Lou ne dit pas, ou bien où se trouve la faille pour tenter de s'y engouffrer de nouveau, ce sera de la faiblesse, de la stratégie, pas une force de faire avec. Elle sait très bien que si ça avait dû se faire avec Lou, ce serait déjà arrivé depuis longtemps, et qu'elle n'aime pas Lou pour de bon. C'est pas ça, aimer. Ça, c'est juste tomber amoureuse, et encore, même pas, c'est simplement être maso et aller se cogner dans quelqu'un qui se refuse. Elle a toujours pensé qu'elle avait eu du mal à oublier parce qu'une histoire à moitié vécue est pire qu'une histoire qui n'a pas eu lieu, mais elle se trompait. Elle disait chaque fois à Lou qu'elle attendait que l'histoire démarre enfin, et en fait l'histoire a existé, ça n'a juste pas été celle qu'elle aurait voulu.

C'est ce qu'elle se force à se dire, en sortant sur la terrasse pour jeter un œil au ciel qui commence tout juste à s'éclaircir entre les branches des arbres. En partant maintenant, elle devrait arriver à la plage au moment où le soleil va se lever. Autant qu'elle aille se promener si elle n'arrive pas à dormir, elle sera assez fatiguée au retour pour se coucher. En ouvrant le portail, elle ne voit pas tout de suite la voiture garée à quelques mètres, et puis elle commence à distinguer la forme de la berline noire, et elle pense aussitôt à Lou qui aurait changé d'avis, avant de se souvenir que Lou n'a pas son adresse. Elle s'approche des vitres fumées à travers lesquelles elle ne distingue rien, et la portière à l'arrière s'ouvre, et Jacques apparaît. Elle reste plantée là à le regarder ouvrir les bras et la serrer contre lui, puis à regarder le chauffeur descendre à son tour et contourner la voiture vers le coffre qu'il ouvre pour en sortir deux valises l'une après l'autre.

— T'es garé là depuis combien de temps ? elle finit par demander tandis que Jacques desserre l'étreinte. T'es là jusqu'à quand ?

— Aussi longtemps que tu voudras bien de moi. Qu'est-ce que tu fais debout à cette heure ? Tu m'emmènes voir la mer ?

Il se tourne vers le chauffeur et lui dit que s'il n'est pas épuisé, il aimerait qu'il les dépose d'abord à la plage, et il demande à Alex si c'est loin, et elle fait non de la tête, et il dit au chauffeur qu'il n'aura qu'à les laisser là-bas et revenir se reposer et ils rentreront à pied. Et pendant qu'ils roulent dans le petit matin qui se lève sous le ciel bleu pâle, elle garde la tête tournée vers la vitre pour contempler la verdure qui défile, pour ne pas regarder Jacques, pour ne pas éclater en sanglots, et il garde sa main dans la sienne sur la banquette. Et une fois qu'ils arrivent à la plage, après avoir marché bras dessus bras dessous un petit moment, Jacques s'arrête et la serre à nouveau contre lui, et tandis qu'ils restent immobiles dans le bruit des vagues, ils ne savent pas encore que dès le mois prochain, il y aura un autre confinement et qu'en novembre les salles de cinéma vont fermer une nouvelle fois. Ils ne savent pas non plus que d'ici deux à trois ans, on comptera pas loin de sept millions de morts et six cents millions de personnes infectées. Ils ne savent pas non plus que ceux qui se contentent de leur premier cercle familial vont continuer à s'en sortir, alors que chez les autres qui vivent seuls ou qui ont besoin du lien social, beaucoup vont finir par se sentir si démunis d'être isolés qu'ils vont plonger dans la dépression ou se suicider. Et puis il y a ce qu'ils n'apprendront sans doute pas, comme la mort du petit Léo qui est fou d'Alex et qui va se jeter du haut du chemin côtier sur les rochers dix mètres plus bas, mais pas uniquement parce qu'il va la voir se promener avec Jacques qu'elle tiendra par le cou et que ça le rendra malade de penser qu'elle est pour un autre. Tout comme pour l'instant, elle ne sait pas encore que Jacques va s'installer ici, qu'il va se faire construire une maison, qu'il vient d'acheter un terrain sans venir le voir avant, comme elle il y a un an. Tout comme elle ne se doute pas que bientôt, et plus vite qu'ils ne pensent, Margot va se mettre à débarquer régulièrement pour le week-end tant elle aura besoin de continuer à être centrale dans leurs vies. Et Margot dira qu'elle aime la violence de l'océan mais que sur la plage, très vite elle se sent désorientée parce qu'elle n'a pas de compas intérieur, et à chaque fois qu'ils marcheront sur le sable à trois et qu'ils verront quelque chose chanceler dans ses yeux, ils se rapprocheront pour l'enlacer et l'empêcher de partir loin dans sa tête. Et pour l'instant, Alex sait simplement qu'elle n'a aucune envie de retourner habiter à Paris. Les oiseaux qu'elle entend le matin dans le jardin, le ciel que le vent finit toujours par dégager, les fleurs sauvages le long des chemins, la plage déserte comme une autre planète un peu étrange qui se passe des hommes, la lumière sur la surface de l'eau qui apporte l'indéfinissable, l'impalpable du beau, et le crapaud de l'année dernière à la même saison qu'elle espère voir réapparaître – elle ne peut plus se passer de tout ça. Elle ne rentrera à Paris que si la ville redevient un labyrinthe de poésie vitale qui peut surgir à chaque coin de rue, ou que le monde de la nuit retrouve une flamboyance, peu importe laquelle, ou que les fantômes de Bowie et de Lou Reed ont été aperçus sur les quais. Elle ne reviendra que si l'art sauve de nouveau. Peut-être un jour, peut-être jamais.

J'AI LU

14164

Composition
FACOMPO

*Achevé d'imprimer à Barcelone
par* CPI Black Print
le 15 octobre 2024

Dépôt légal : juillet 2024
EAN 9782290404232
OTP L21EPLN003697-653367-R1

ÉDITIONS J'AI LU
82, rue Saint-Lazare, 75009 Paris

Diffusion France et étranger : Flammarion